TSUBASA NO TSUBASA

翼的翅膀

Asahina Asuka
朝比奈あすか

【推薦序】撕去孩子翅膀的故事，在臺灣也是現在進行式

吳曉樂

「韓國兒童的敵人，就是學校、補習班、以及家長，他們都不讓兒童玩耍，他們對快樂的、健康的兒童感到害怕。他們只想要不安的、痛苦的、和懂得服從的兒童，他們操縱韓國的法律和制度，讓兒童越來越忙，越來越糟，導致他們還沒長大就與世隔絕。」

《非常律師禹英禑．EP9》

《翼的翅膀》的情節，在臺灣，是現在進行式。

我定居在臺中，以「追求私中」著名的城市，小說每一頁讀來都格外沉重。

住處的對面是一間補習班。一回週末，我見到幾名孩子，年紀看起來好小，我猜不到十歲吧，肩上的背包因負重而下沉。孩子們跟搖下車窗的父母揮手道別，轉頭推開門，走入補習班。我的心中泛起困惑，不是假日嗎？日後耳聞，那間補習班就像小說裡的Hallmark，每年「盛產」著名私中準學生，吸引父母們爭相報名。補習班的落地窗，貼著醒目的紅榜單、琳瑯滿目的班表，以及一張「全國國小學科能力鑑定」的海報。耳邊響起在臺中一間國小執教的學妹的話語，「現在，要考私中的話，差不多小三、小四就要動起來了」。每處細節都與小說高度重疊，我忍不住幻想圓佳跟小翼就站在我身側，一同駐足凝視這張海報。

小說裡有句話，「現在做父母的太容易焦慮，才會讓早期教育產業賺得盆滿鉢滿」，投影在現實世界，就是「超前進度」。

假設有群孩子，一齊站在起跑線上，槍聲尚未響起，小明就邁開步伐，遠離起跑線。待小明跑了一小段，槍聲這才劃破空氣，其他孩子陸續出發。半晌，小明抵達終點，評審舉起他的手，宣布小明是第一名。試問，下一場比賽，準時出發的孩子還有幾成？這就是早期教育產業的現況：父母掏出白花花的鈔票，只求孩子像小明一樣提早啟程。到這裡，反應機靈的讀者也許要問：大家都這樣做，效果不就相互「抵銷」了嗎？既然如此，何苦這般事半功倍？我以為，這就是《翼的翅膀》試圖回應的問題，從有泉圓佳跟小翼這對母子的遭遇，我們明白了箇中的矛盾與掙扎：遊戲玩起來並不快樂，但不玩又顯得「不正常」。

要談圓佳跟翼，我們不能忽略圓佳跟先生真治，精確地說，是小時候的圓佳跟真治。若將教養模組概略以地區分為「成就導向」、「情感導向」兩類，孕育圓佳跟真治的基壤，恰巧落在光譜兩端。圓佳來自鄉下，一路就讀公立學校，她的童年豐富多采，有振筆疾書的時刻，也不乏與玩伴嬉戲的回憶。相對圓佳的學業，圓佳的母親更重視心意的交流。至於真治，道地東京人，父親是醫生，母親醉心茶道，並認定先後將兩名兒子送進私立男子中學，是人生不容小覷的成就。小翼出生不久，懸殊的教養模組立即短兵相接，真治的母親叮嚀圓佳「請妳千萬要給小翼一流的教育」，圓佳母親對於親家母莫名的優越感，則深深不以為然。

然而，圓佳終究得在光譜之間，為小翼規劃一個「落點」。小翼自小就在學科展現過人稟賦，熱愛的游泳也有不錯的發揮，再談人際，小翼擁有友善、關愛他人的美好本質。初登場的小翼，宛若液體，置於各式容器，都能自在地展延與流動，朝比奈在此佈置了高明的機關，如雲霄飛車般，眾人先被拉曳到最高處，靜止，眼前盡收廣袤的視野。之後，小翼報名參加「全國統一學力測驗」，母子倆與知名補習班 Hallmark 王牌加藤老師搭上線。我們察覺到，列車開始向下俯衝，圓佳做出了選擇，她希望小翼凝固成「資優生」的模樣。

小翼在學力測驗的初試啼聲，被加藤老師解讀為「可造之材」、小翼在 Hallmark

被編排到最高階的「四天王一班」、小翼闖進學力測驗的決賽，屢屢讓圓佳感測到，母親的地位跟孩子是高度「綁定」的。小翼越是扶搖直上，其他父母就越是殷勤客氣地跟她諮詢教養策略。成績在社會上，得以兌換的獎賞，太豐盛、太光彩熠熠了，圓佳初入大觀園，一下子亂了眼、著了迷，有限的心思再也容不下其他事物。

不久前，圓佳也「羨慕嫉妒恨」過。就說桃實跟桃實媽媽吧，桃實是小翼游泳課的同學，進展飛快，被視為體壇的明日之星，桃實的母親理所當然地散發著不與眾同的傲氣。圓佳曾向桃實媽媽尋求建議，進一步意識到小翼與桃實的差距，「嫉妒緊黏著心靈，想削也削不去」。不過，一旦戰場從泳池賽道移到課桌上的競試，小翼轉瞬從相形見絀的配角，成了他人垂青的楷模——小翼的母親圓佳，亦是如此。一來一往，圓佳單純的期盼被餵養成怎樣也填不滿的慾壑。我們不妨細數《翼的翅膀》「發生」了幾次「嫉妒」，無論是餐敘、虛擬的線上討論、私下的耳語，別人家的孩子從來不令人失望，一次次的競比，每個人的心都沉浸在腐蝕性極強的酸液，講不出真摯的欣賞，也不願承認自己其實幸福。

另一方面，若我們普遍接受父母因孩子的成就而「母憑子貴」，我們就得迎接另一個乍聽不太舒適，但背後邏輯「相當一致」的結局：父母因孩子的「平凡」而憤恨不平。圓佳活在他人的掌聲，不可自拔，她不惜一次次踰越界線，將小翼面前廣袤的大道，削減得僅剩狹隘的升學窄路。起初外派異國、置身事外的真治也隨之起舞，狂熱起來。真治曾在求學階段「敗部復活」，他對偏差值、對世人嚴苛的眼光，敏感度更甚圓佳。箝制小翼的線，本由圓佳所操縱，真治一「接手」，鞭策小翼的手段旋即趨向極端。讀者目睹小翼從可愛自得的孩童，潛移默化成患得患失的慘綠少年，他反覆拗折自己的心靈，只求在扭曲的制度倖存。但，在場的各位，誰能拿石頭砸真治跟圓佳？小說中後段，朝比奈引領讀者退後幾步，見樹也見林，我們後知後覺，圓佳跟真治同被世俗觀念、往事的包袱緊緊綁縛著，社會操縱著成人去操縱孩子，成人必須率先剪斷身上的懸絲，才能鬆開對孩子的提防。

二〇一一年日本《喪失名字的女神們》、二〇一八年韓國《天空之城》、二〇一九年中國《小歡喜》，這些以「教養」為主軸的作品都有個特色：母親的角色壓迫地讓人不敢直視，父親的身影疏淡且柔和，看似再現了傳統的分工，但裡頭的緊繃張力，又與我們記憶中的「男主外、女主內」不完全相符。圓佳接受過高等教育，如今職場也相對性別友善。是什麼讓圓佳離開職場？圓佳那句「辭職就是輸，不辭職也是輸」的真意是什麼？《翼的翅膀》與上述作品，在在呈現了當代育兒的主導文化模式——密集教養（intensive parenting）——如何讓人（特別是女人）疲憊不堪。具體而言，育兒工作被劃切得越來越細緻、繁複，圓佳為小翼殫精竭慮，付出自己母親數倍不止的心血，仍恆常感到「匱乏」。近日有個流行名詞「內捲」，與對應的「躺平」，串聯出近似的道理：遊戲只會越來越殘酷，個人必須有所取捨，才能從無止盡的廝殺中解放。

《翼的翅膀》，圓佳跟真治領悟眼前的荒謬，及時回頭，慶幸的是，彼岸仍在；

我尤其激賞作者以經濟學「沉沒成本」的概念，給讀者一記棒喝。朝比奈提醒我們，孩童的「當下」極其脆弱，翅膀被撕去了不會再生。若我們一再為了光鮮亮麗的未來、含辛茹苦的過去，阻止孩童活在「當下」，我們就失去了當下，我們就遺忘了孩童本來可以翱翔，縱使攜手登上山巔，望出去的景緻，說不定和世界末日沒兩樣。

目錄

第一章　八歲

褐色樹葉從某處飄來，在靴尖繞起圓圈。有泉圓佳縮起裹了風衣的身子，凝視腳邊。

今早看新聞，提到夜晚也許會下雪。櫻花含苞待放，這時節竟然要下雪——

「真難相信。」

她不禁嘀咕，然而在這個時代，年年發生難以置信的天災。寒風如含冰，穿透纖維隙縫，刺激皮膚。今晚一定會下雪。

她抬起頭，不知不覺間，建築物周遭越來越多前來等待的人。

許多男人，許多女人，他們同時也是爸爸、媽媽。另外有一些人看似爺爺、奶奶。他們多半靜靜等待時間流逝，有的默默仰望天空，有的滑手機，有的輪流盯著手錶和建築物門口。

其中也有一些人在聊天。

圓佳身後有一群媽媽，一開始還壓低嗓子小聲聊，後來聊開了，現在完全壓抑不住音量。

「……然後呀，那孩子一月嘗試性考了『羽南』，模擬考還有八十趴得分，應該能輕鬆考上……」

「結果居然落榜了！」說話者語氣很浮誇，刻意拉長尾音，剩下兩個人紛紛附和：「哇……」「好打擊信心！」

「他之後慌了手腳，二月的考試全搞砸了。最後只能進一所從來沒參觀過的後段班學校。」

「哎唷，好可怕啊。」

「真可憐。」

圓佳自知偷聽很不禮貌，仍忍不住豎起耳朵。

「羽南」……八十趴得分……後段班學校……

每一個詞彙聽在圓佳耳裡，都很陌生，但她能輕易想像，某個不在場的孩子碰到什麼遭遇。那些女人嘴裡說可憐，卻藏不住聲音裡的興奮。

「說起來，瀧川太太家的哥哥不知道考得怎麼樣？真擔心他。妳們有聽說什麼嗎？」

一個人問了問題，接著無聲了幾秒，大概是所有人都搖頭。

「我之前在肉鋪見到瀧川太太。她戴了口罩，遮住臉，感覺畏頭畏尾的。」

另一個人說道。

「這樣啊。那妳也不好主動打聽。」
「不能問、不能問。而且她簡單打了招呼就走了。」
「她家的哥哥從學齡前先修班開始就讀『H』，很早就開始準備了。」
「我家孩子聽他弟弟說，哥哥要去考城王大學附中……」
「咦？城王？真意外。我聽說他很會念書，還以為他會去考『西阿佐』。」
就在這時，某人輕呼一聲。
建築物入口的玻璃門打開了，一個男孩背著書包走到門外。在場的家長從男孩的身高、體型，猜測他的學年。建築物裡也有其他學年的孩子，全學年考試的結束時間都一樣。
男孩身後，陸續出現其他男孩、女孩。有的孩子單手拿著題目卷，圓佳見到考題上寫著「三年級新生」，知道對方和兒子小翼同學年，她更是睜大雙眼，尋找自己的孩子。
一群孩子正在開心聊天，打扮正經的眼鏡女孩、邊走路邊講手機的男孩。接著是一名少年，他邊走邊讀厚重書本，少年身後……
「小翼！」
圓佳一找到兒子就不自覺大喊，隨後羞紅了耳。小翼背著黑書包，身上裹著運動品牌標誌的深藍風衣，他望向圓佳，神情一亮。
「媽媽！」

小翼奔上前，圓佳朝他伸出沒戴手套的手，而他用力回握。這雙小手暴露在寒風中，仍帶著溼潤的暖意。

小翼一直努力握鉛筆，握得都出汗了。

圓佳心想，一股暖流流入內心。

方才參加家長說明會時，校長加藤先生說過：

——各位小公子、小小姐只有小學二年級，他們大多數都是有生以來第一次參加正式的補習班考試。

小翼也是。他第一次在學校以外的地方考試，想必很緊張。圓佳握著兒子稚嫩的手，心生愛憐。

一個月前，圓佳陪兒子欣賞常看的卡通節目，電視切到廣告，螢幕出現一名雙眼圓滾滾的可愛男孩。男孩坐在明亮乾淨的客廳，非常用功，他放下鉛筆，露出大大的笑容，大喊：「我寫好了！」爸爸和媽媽紛紛稱讚他好厲害、好努力，男孩聽了，低喃道：「我還想和更多人比成績……」這時，某處忽然傳來一句：「你也想挑戰看看嗎！」男孩活力十足地回答：「我想挑戰！」緊接著，一排文字猛地跳出，塞滿整個畫面，上頭寫著「全國統一學力測驗」。隨後跳出一個對話框「你也來『一會』勁敵吧！」

——小翼，你想不想考看看這種考試？

那一天，圓佳看完廣告，故作隨興地問了兒子，卡通接著播放，小翼看得正起勁，隨口回答：「好啊。」
兒子的衝勁不如廣告那名圓圓大眼的男孩，圓佳覺得有些可惜，但她內心有個直覺。
她趕緊打開筆記型電腦，在搜尋引擎輸入「全國統一學力測驗」，隨即找到官網。她馬上申請參加考試。
「全國統一學力測驗」的考場遍布全國各地。離家最近的考場是「大日講堂」，是一家知名補習班，位置就在電車車站前，搭公車只需要十分鐘，但圓佳刻意避開那間補習班。從那一站搭電車，十分鐘車程，就來到花崗寺站。花崗寺車站是這個地區最大的終點站，還能轉乘私人鐵路。花崗寺站周遭有三家知名補習班承辦考場。
「Hallmark 升學補習班」，簡稱「H」。圓佳之所以相中這間補習班，是因為小翼就讀的幼稚園裡有一位派遣鋼琴教師，那位老師的兒子正在「H」讀書。
——聽說老師的孩子在「H」考了「私中考試」，考上「中北」了喔。
小翼幼稚園同學的媽媽這番話，聽來像某種暗號。H？中北？而且圓佳第一次知道「私立中學入學考試」，簡稱為「私中考試」。不過，比起那位母親的用詞，她眼中的絲絲野心，更令圓佳印象深刻。
圓佳生平就和升學補習班、私校中學考試無緣。
她自小住在內陸縣市的衛星城市，夏季悶熱，冬季寒冷。父親在縣政府工作，母親的工作地點是隔壁鎮的木桶工廠，她在員工餐廳擔任營養師。圓佳的人生非常腳踏實地，小學、中學都念公立學校，高中進了當地第二優秀的縣立高中，最後靠著推薦入學，升上東京的女子大學，附宿舍。她的在學成績不算出類拔萃，但在各階段都算成績優異，大人認定她是個認真的孩子。受當地風氣影響，她身邊沒有同學考過私中考試。她甚至不知道，世上竟然有人念小學就需要上補習班。

然而，圓佳生下孩子以後，忽然發覺自己很熱衷孩子的教育。

她在婦產科確定自己懷孕後，在回家前先進了書店。她翻閱各種書籍，考慮再三，買了一本孕婦的孕期指導書，沒幾天就讀完了。學習新知很快樂。她通勤期間會看孕婦相關的教學影片，睡前瀏覽各個婦產科官網，比較優劣，閱讀許多媽媽前輩的網路育兒紀錄，去圖書館借來許多胎教書、營養學，一有空就翻閱有胎教閱讀效果的篇章。小翼出生之後，她已經沒力氣打理自己的儀容，當然沒餘力收集資訊，直到育兒生活有了空檔，她才又開始翻看各種指南，像是名人的育兒散文、如何培育男孩等等。

之後，圓佳回歸職場又辭職，中間幾年身心俱疲，根本沒有心力讀書，直到小翼即將從托兒所畢業，要決定幼稚園時，圓佳心中的教育熱忱再次萌芽。她的選擇就是證據，她放棄離家近的「海鷗之園幼稚園」，送小翼去隔壁區私立大學附設的「聖芽園」。

「海鷗之園幼稚園」的特色在於園庭寬廣、戶外遊戲時間長，相較之下，「聖芽園」提倡蒙特梭利教育法，課後設置了形形色色的課程，例如英文課、鋼琴課。她親自參加兩所幼稚園的說明會，參觀上課狀況，仔細搜尋網路評價，最後選定了「聖芽園」。

小翼成為「聖芽園」的一員後，圓佳自然開始和熱衷教育的媽媽往來。她們的資訊網很豐富，包括那名說話如暗號的母親，許多人接二連三帶給圓佳住處附近的幼教資訊。

她們之前最大的課題，就是挑選小學。聖芽園大學的附設小學是女校，男孩子不是去考外頭的私立小學，就只能就讀當地的公立國小。圓佳被那群好友媽媽影響，也帶著小翼去了幾間考小學的補習班試讀，考了入學測驗、面試，甚至去外面機構測智商。小翼經過一連串測試，被判定只要好好準備，就能考過特別難考的私立小學。圓佳聽了，自豪不已。

然而到最後，圓佳並沒有正式讓小翼參加私校小學考試。他們住在東京西郊，而值得小學入學考補習班貼紅榜的那些私立小學，全都要搭公車、電車通勤。補習班老師提過，有些同學天天通勤一個小時以上，但圓佳覺得，讓嬌小的小一生自己通勤上學太可憐。

另外，圓佳婆婆的建議也是一大因素。丈夫真治的老家就在東京都內，他們回老家時，小翼不小心說溜嘴，提到自己試讀入學考補習班。婆婆馬上問了圓佳，接著突然強調男孩子與其考私立小學，不如好好準備私中考試。她提到幾所私立完全中學校名，都是男校，建議圓佳以這幾所學校為目標，但現在就考慮私中考試，未免太遙遠了。圓佳愣了一會兒，不過仔細一想，那些準備讓小孩考小學的母親積極之餘，也暴露了她們財力豐厚的一面。另一方面，就婆婆的說法，小學入學考太看運氣、緣分，私中入學考相對看重實力，也許比較適合小翼。

決定讓小翼就讀當地公立國小之後，圓佳順理成章，越來越常和其他選擇相同志願的母親聊天。儘管讓孩子升公立國小，「聖芽園」學童的母親仍遠比一般媽媽熱衷教育。媽媽的下午茶會上自然會列舉各種才藝課程，樂高課、心算班、兒童程式設計學苑、速讀講座……圓佳會在會後搜尋她們嘴裡的各種詞彙，悄悄增廣見聞。她不用多久，就得知「H」是什麼。「H」在眾多升學補習班裡最為知名，入班測驗困難，匯集許多優秀兒童，明星學校考取率非常優異。於是，不知從何時開始，圓佳每次來花崗寺購物，眼角瀏覽過各種「HM」的招牌或海報。上頭總會用紅、藍兩色繪製「HM」標誌，宣傳文案宛如祕密暗號，只有準備參與私中考試的家庭才看得懂——例如「想考星波就上HM」、「目標四天王，就讀HM」。

小翼剛才就在「H」的考場，握緊鉛筆，和考題大戰一場，手掌都流了汗。圓佳見到兒子的明亮神情，十分滿意。

我的直覺果然很準確！

圓佳望著兒子，問句差一點脫口，但她拚命按捺住了。她想起「H」的加藤校長的一番話：

——小朋友做完測驗之後，請各位家長千萬別見到人，劈頭就問「考得如何?」。

加藤利用一部分考試時間,舉行家長說明會。他在會上提到這件事。

眾家長聞言,輕笑聲此起彼落。

——哎呀,看各位的表情,是不是覺得自己不會問?沒這回事,我要是不提醒,幾乎所有家長都會問出口。你們會在外頭等了又等,孩子一走出門就揪著他問:「你考得怎麼樣?」、「哎唷,題目這麼簡單,你怎麼會寫錯?」、「唉唉唉,這題也錯了呀!」

包含圓佳在內,所有家長聽到這裡,不約而同爆笑。

——小朋友聽見爸爸媽媽問自己考得怎麼樣,他們一定會回答「自己考得很好」。

加藤說道。

原本笑聲洋溢的教室一口氣轉為嚴肅,陷入沉默。

——我一直以來看過無數孩子,每每都感覺到,這些孩子很想回應父母的期待。小學生還很乖巧,他們還不懂反抗、報復父母。小朋友遠比各位家長想像得更加純真,而且學年越低越單純。他們還不明白私中考試的意義何在。假如父母在他們懵懵懂懂的時候,太過在意結果,這些孩子日後準備考試,會只為討好父母而努力。

「這種狀況非常危險。」加藤嚴肅地說,整間教室頓時鴉雀無聲。

加藤這才放緩神情，面帶笑容。

——各位家長可以想一想，小朋友才小學二年級而已，正值活潑可愛的年紀。來來來，放輕鬆點。

眾多家長這才放緩了情緒。

——各位不用壓力這麼大。這點小考試，結果其實無關緊要。真的，一點也不重要。

圓佳從未接觸升學補習班，加藤是她第一次見到的「補習班老師」。她心想，自己至今從未見過有人這麼善於說話。

——小朋友在假日來到陌生補習班，努力考試，希望各位家長能夠全心全意讚美小朋友。他們才小學二年級，只有七、八歲大，卻已經握著鉛筆認真考試，很了不起。各位家長若能放寬心迎接孩子，稱讚他們很認真，這些孩子想必會不再為了父母學習、考試，而是為了自己的未來努力。

圓佳聽到這裡，感動得眼眶發熱。

孩子用小手握著鉛筆……

嗯，加藤校長說得對，他說得太對了。不能讓一個剛滿八歲的小小孩，故意說自己考得很好，來討媽媽歡心。

孩子放了假，沒有去玩，而是來補習班考試。他們的小小選擇非常了不起，非常厲害。

不詢問考試結果。

他在假日盡力考試了。

圓佳在家長會資料的角落，寫下兩句筆記。

她憶起自己的筆記內容——

「小翼，你努力考完試，很棒喔。」

依照加藤的提醒，盡她所能溫言慰勞兒子。

她在這一剎那，的確下定決心，今後絕不過問兒子考試結果。

然而，當小翼抬起頭說：

「媽媽，考試好簡單。」

她的內心浮起細小氣泡。

「咦？很簡單嗎？」

她回問的語調帶著一絲雀躍。

「因為算術題出了很多『學Q』寫過的題目。」

「真的？」

「真的呀。」

兒子臉上信心十足，圓佳的內心，猶如搖晃過的甜美汽水罐，泡沫盈滿瓶內。

圓佳每每品嘗到討喜、愉快的情緒泡沫，總是和小翼有關。

自己的直覺沒有錯。動念讓小翼參加這次測驗的當下，圓佳就認定這孩子辦得到，他不論去上「H」還是任何補習班，必定能不斷成長茁壯。

有些孩子在學期之初、拿到教科書的第一天，就能讀完國語課本的所有故事；有些孩子收到父母買的題庫，馬上輕鬆順暢地破解題目。而小翼就是這麼聰明。也許是因為他在五月出生，出生月分比同學年的孩子早了不少，但他在幼兒時期仍然學得很快。圓佳從未明說，但她早就發現小翼比附近的同齡孩子聰穎，聖芽園的那些媽媽也給小翼相同評價。

小翼現在待的安親班叫做「學Q」，他在補習班按照講義學算術、漢字，但他的程度已經超過許多比他高年級的孩子。圓佳去學校參觀教學，小翼顯然對課程遊刃有餘。小翼只要答對了一題，後面不論他舉手再多次，老師都不再指名他答題，看來早就知道他一定能答對。

早在看見「全國統一學力測驗」的廣告之前，圓佳就認為這孩子需要更高程度的課程，以及能刺激彼此的同齡對手。她想盡快讓這孩子和別人競爭。

「對了，國語題的這一篇好有趣，我想看後面的故事。」

小翼露出快樂的表情，說道。

「是什麼故事？」

「故事是在講啊，有一個女孩子一直說謊，大家聽了她話都當真，後來有個小孩搬來，那個小孩也一直說謊……」

小翼一邊回想一邊描述，嘻嘻笑了。那笑臉太可愛，圓佳忍不住想抱過小翼，蹭一蹭他的臉蛋。

「然後他們就開始比賽，看誰比較會說謊！」

他興奮極了，越說越大聲。水汪汪雙眸睜大，臉蛋泛紅。自己的小男孩享受完考試，回握了自己的手。

圓佳還在念鄉下小學時，班上功課很好的男孩除了念書，什麼都不會。大家都叫他「書呆子」、「宅男」。

小翼就不同了。他在班上算術算最快，漢字測驗常常拿滿分，算是「功課很好」，但他活潑好動，擅長游泳，又會彈鋼琴，朋友也很多。圓佳最自豪兒子不是「書呆子」、「宅男」。不用上才藝班的日子、「學Q」下課回家時，小翼會和住附近的朋友去玩耍，他們名叫酒井翔太、大橋理樹以及中村颯太郎。他們會在公園的小溪玩水，玩得雙腳溼答答。圓佳在一旁看著，不禁跟著心花怒放，彷彿自己也身在孩子之間，一起玩耍。

「哦？聽起來好有趣，媽媽也想讀看看。」

小翼聞言，隨即放開手，直接停在路中央，迫不及待把書包放在雙腳中間，蹲下來，打開書包摸索翻找，拿出剛才收到的考卷。他多麼想和自己分享。圓佳俯視兒子的小小髮旋，咀嚼這股無與倫比的幸福。於是——

「就是這個！」

他用力把題目卷遞到圓佳眼前。

不知為何，圓佳見到試題，心中浮現一絲陰霾，彷彿有不知名的事物掠過內心。這塊細影迅速升起，無從抑止。

「小翼，考試的時候呀，最好在題目卷上面圈自己的答案，之後才方便對答案喔。」

圓佳明知道不需要現在提醒，卻按捺不住。因為兒子遞來的考卷光滑乾淨，沒有筆記、沒有摺痕。

「媽媽，妳看！」

小翼充耳不聞，興高采烈地說。

閱讀題最後記載了作者名和書名，但圓佳已經對文章失去興趣。

「我想讀完這本書！」

「你有聽媽媽說話嗎？小翼，寫考卷的時候，要把自己選的答案寫在題目旁邊，之後才方便檢討。」

「沒關係啦。」

小翼答得隨便，圓佳不禁一陣焦躁。

為了不影響下次考試……現在必須好好教他正確觀念。

「可是呀，時間一久，你就會忘記自己寫了什麼答案了，對不對？」

「忘記又沒關係。」

一股情緒令人生畏，凶猛如野獸，逐漸膨脹，按捺不住，只能放任它從喉嚨噴湧而出。圓佳往後將無數次感受這股情緒。若要追究這股情緒的根源，恐怕就誕生於此時此刻。

「有關係。」

圓佳駁道。

不詢問考試結果。

他在假日努力考試了。

「小翼，趁你現在還記得自己考試寫了什麼，我們去旁邊的『Angels』對答案，好不好？」

「為什麼？」

「我們來看看你得了幾分。小翼也會擔心分數，對不對？」

「嗄啊，現在就要對答案喔？」

「對，現在，你不是拿到考試解答了嗎？」

圓佳的理性明白，兒子順利考完試，已經很厲害。補習班教師也提醒過。今天他能考完試，已經盡力了。

小翼把試題收回書包，再次牽住母親的手。

「我們去吃好吃的聖代吧。」

「好耶！」

圓佳用獎品當餌，和兒子一起走向家庭式西餐廳。

那一晚的氣象預報很準，東京下了雪。雪細如雨，絲絲分明地下著。

圓佳不希望外頭積雪，卻又覺得反正都要下，不如來場大雪，下到明天停課了，讓小翼欣賞一整片純白世界。今年天氣冷的日子多，雪卻下不多。兒子如果能去公園，和翔太他們打打雪仗，他一定會很開心。

圓佳一如往常立起平板，滑動指尖，連上SKYPE。

熟悉的電子聲響起，真治出現在螢幕另一頭。

「阿真，你知道嗎？小翼今天去考了全國測驗。」

她每天固定在同一時間和真治通電話。畢竟天天通電話，不知從何時起，兩人接起電話就省略了問候，直接切入今日重點。

「全國測驗？」

真治去年調職到中國內陸地區的大城市。兩人想聊天多半能馬上聊，儘管夫妻相隔兩地，感覺卻不像正在分居。

「是呀，電視播了全國測驗的廣告，小翼說想考看看，就幫他報了。」

真治考過私中入學考，念的是私立完全中學，圓佳本以為他聽到這消息會高興。不過——

「他才讀小學低年級，現在考試太早了吧？」

真治卻反問。

「會嗎……現場也有很多小朋友在考。」

「低年級的小孩子，只需要到處趴趴走、到處玩耍就夠了。我在小翼那個年紀，什麼正事也沒幹，天天和一群壞孩子混，在市立運動場玩警察抓小偷，從早玩到晚咧。」

真治愉快地瞇起眼，表情既懷念又得意。

「的確，是早了點。我念小學的時候，也沒做什麼特別的事。」

「對吧？」

「可是阿真考過私中入學考，對不對？」

「考是考過，但我是小五的暑假才開始上補習班。以前考私中比現在更悠哉啦。大石之前提過，現在做父母的太容易焦慮，才會讓早期教育產業賺得盆滿缽滿。大石家的孩子去年考上晃之丘，聽說私中考試變得很競爭，升學補習班的學生人數多到誇張。」

大石是真治中學、高中時的同學，職業是銀行員。圓佳在婚禮上見過對方。

「也是，聽你這麼說，我也覺得讓小翼現在接觸考試，有點太早了。」

圓佳說，然而——

「所以咧？考試結果如何？」

真治卻問了考試分數。他嘴上說歸說，還是挺在意結果。

「啊，嗯，分數算是很不錯。之前聽你的話，提早讓小翼去上『學Q』是對的，算術分數還算高。最後有些題目太難，他算不出來，可是答對了很多計算題、文字題。不過有稍微算錯。」

「錯個幾題沒關係啦。要考私中，比起現階段的計算能力，比較需要注重文字題。說到底，算術比起做制式題目，更著重在小朋友的思考能力。」

圓佳暗自認為這話有道理。

真治不愧是私中考試的過來人，發言比較有深度。

當初也是真治提議，讓小翼剛上小學就去上「學Q」。「學Q」歷史悠久，真治小時候也上過這間安親班。

現在一想，真治剛才那句「小時候什麼都沒幹」，說得未免太謙虛。婆婆重視教育，不可能隨便放兒子到處玩耍。

「我看到題目嚇了一跳，最後的部分太難了。居然問小二生骰子骰幾次、骰出的數字加總之類的。連我都算不太出來。」

圓佳回憶題目，不禁苦笑。

小翼這次算術測驗是針對小三新生，但後半的題目出乎意料困難，換作圓佳自己去考，也沒把握拿到滿分。

「所以那孩子的算術考了幾分？」
真治問道。
圓佳內心一驚，他居然追問分數？
「啊，分數嗎？我們沒有算得那麼精準，按照小翼印象中的答案計分，滿分一百五十分，他應該拿了一百分左右。」
「答對了六成以上……」
真治馬上把「一百五十分中的一百分」換算成「六成以上」。圓佳佩服丈夫的計算速度，同時——
「可是，聽說測驗每年的數學平均分是八十分上下。」
她急忙補上這句，然而這句「可是」是為了解釋什麼？她自己也不懂。
「是嗎？六成左右啊。也對，他之前沒特別學過，拿個六成分數，差不多。」
真治明顯語帶失望。
「國語倒是考得很好，他只錯三題。題目的文章很長，他卻很努力地讀，拚命思考才寫出答案。我們自己對答案，至少有一百三十分以上。」
「好厲害，那孩子真行啊。」
圓佳聽真治的語調稍稍上揚，鬆了口氣。
「小翼說想讀國語考題的故事，我本來想去圖書館借，結果發現那篇故事只刊在雜誌上。所以我在亞馬遜買了雜誌，大概八百圓。」

「喔，不錯啊。就讓他讀，越多越好。多讀點書很重要，不但能加強閱讀，也能增加詞彙量。」

「辦考試的那間補習班有開家長說明會。補習班最高階的老師在會上也說，這個階段的孩子，讓他們多讀書比較要緊。」

「哪間補習班？」

「那間補習班叫做『Hallmark 升學補習班』。」

「哦，是『H』啊。」

「阿真知道『H』？」

「我以前讀的『TOP』補習班，裡頭的老師幾年前獨立，另外開了補習班，就是『H』。」

「這樣啊……」

「原來圓佳不知道？也是啦，妳是在鄉下長大，又沒有考過私中，只是搬到東京住，一般不太可能知道這些。」

真治的語氣莫名愉快。

「我應該沒有提過，大石和我都念過『TOP』。」

「嗯，我不知道。」

「不過我跟大石分在不同校舍。剛進中學的時候，班上莫名開始討論自己讀哪間補習班，聊得可起勁了。當時『朝日學習會』比較知名，『TOP』的學生算少數派，或者說少數菁英？周遭的同學都是讀『朝日學習會』，只有我和大石知道對方也念『TOP』，一拍即合，從此就意氣相投啦。」

「少數菁英，聽起來真厲害。」

「畢竟『TOP』的入班測驗難得很。不過到這時代，變成『TOP』分支出來的『H』最知名，『朝日』被其他補習班搶走大部分市場，甚至輸給『大日講堂』、『城王學院』，聽說已經轉型成都立學校的升學補習班。」

真治話多了起來。

「阿真懂真多。是說，你們公司今天開始定期視察，對不對？狀況怎麼樣？」

圓佳忽然想轉移話題。

真治隨即打蛇隨棍上，他正想聊工作。

「還能怎麼樣？累死了。總公司的長官來這趟，就是附帶觀光行程的悠哉視察之旅，我們這邊從兩個月前就忙個不停，又是準備又是調度。國外分公司的負擔太重了。增島先生搞不好明天就病倒了。」

增島是真治的上司。圓佳沒有實際和增島說過話，聽說他個性很和善，也很善待真治。

「就是說呀，這算是惡習了吧？」

公司有個制度，是由總公司和子公司高層進行國外視察。圓佳和真治在同一間公司工作過，最能體會真治的心情。

「送那群沒未來可言的大人物，來海另一頭的工廠走馬看花，有什麼用？聽說明天他們要去打高爾夫。我們公司光會幹這種沒意義的視察，才會輸給外資。等我哪天掌握公司大權，首先就要砍掉送高層視察的制度。要派也是派進公司第四、第五年的員工去。讓年輕人多去國外見見世面，對公司還比較有益。不過，就算改由員工來視察，現在主動要求外派的人比我們那時候少很多……」

真治開始暢談對公司開發海外市場的想法。

圓佳心想，自己就是迷上真治大聊未來規劃的模樣。

她以前和真治在同一家家電製造商工作。論進公司的時間，真治比圓佳早一年，但是真治有繼續攻讀碩士，所以他大圓佳三歲。

兩人原本分屬不同部門，他們在年輕員工的午餐會、酒會認識，覺得彼此很合拍，便開始交往。

公司內部有不少夫妻是一起工作，圓佳結了婚之後，本來也打算當職業婦女。考量到兩人的未來，圓佳的收入也很珍貴。然而當她結束育嬰假，回歸職場之後，卻累得不成人形。圓佳忘記自己原本就體力不好，她念中學、高中的時候，在朝會貧血了好幾次。

看其他人兼顧工作與家庭輕輕鬆鬆，沒想到這麼耗體力。職場、家裡都有做不完的事。接送小孩、工作、購物、準備三餐、餐後收拾、洗衣、打掃，再加上老天的惡作劇，他們家剛買公寓不久，就當選公寓的管理委員。種種工作之餘，小翼又沒辦法融入幼兒園生活，有時吵著不想上課，還會尿床……圓佳簡直不想回想那幾年的苦難。

她當時天天都在囤積壓力，只能抱著快被壓垮的心通勤上班。真治見到餐桌擺滿現成配菜，家裡越來越髒亂，心情跟著變糟。

他體諒圓佳辛苦，沒有硬逼她親手煮飯、打掃，但也不打算自己動手做，最後變成兩人看誰比較能忍，不能忍的那一方就去做家事。通常是圓佳先投降。真治當時勸圓佳：「家裡經濟能力不算差，妳隨時都能辭掉工作。」圓佳當下聽在耳裡，覺得丈夫真是溫柔。

圓佳的身子終於撐不住，接連請了年假休息，卻沒馬上辭職。

她以未來再轉回正職為條件，轉為定時約聘人員。當時的圓佳簡直像個拚命三郎，如今憶起，那已經如同另一個自己。自己那時只是執著於工作。母親叮嚀過，要找一間能做到退休的公司；大學教授在課堂上暢談，女性放棄工作，等於主動放棄自由；和圓佳同期的同事在新人研習後的酒會上，說家庭主婦光會靠老公的薪水過活，根本是失敗中的失敗。這些發言勉強把圓佳綁在職場。然而，圓佳感覺種種狀況不斷削刮自己的心。

下午最忙碌的時段，幼兒園打來說兒子發燒，她只能鞠躬哈腰，拜託公司後進幫忙剩餘的工作；趁著下班接小孩的短暫空檔，勉強衝進超市購物，卻只有自己這排的收銀檯隊伍遲遲沒進展，逼得她焦躁難耐。圓佳惡劣的身心狀況，直接影響自己最重視的人。

辭職就是輸，不辭職也是輸。

她彷彿被迫加入一場沒有出口的逃脫遊戲，持續了數年。

最後，一場陌生孩子的悲劇成為契機，令圓佳放棄工作，成為家庭主婦。

小翼滿四歲那年的初秋，遠方城鎮有一名小學一年級男生遭到綁架。聽說綁匪是在放學途中帶走小朋友。警察沒多久就抓到綁匪，男孩卻再也回不了家。

社會某處總會發生慘案，圓佳至今也曾聽聞過幾次。

但是那一晚，圓佳把購物袋放在腳踏車前方，讓小翼坐後座，一如往常從幼兒園返家，一打開電視，就播出令人痛徹心扉的新聞。

被害人父母公開孩子幼兒時期的遊戲發表會照片，圓佳見到那孩子生前的模樣，頓時熱淚盈眶。

小翼未來要念的小學，最多照顧孩子到晚上六點。圓佳現在的工作時間較短，五點下班就出發，仍來不及去小學接送兒子。只要圓佳繼續同一份工作，小翼未來勢必得自己放學回家。

圓佳藏起眼淚，立刻奔向廚房，以免嚇到小翼。她用微波爐熱了冷凍燒賣，排在盤子上。廚房工作檯的另一端，小翼正用柔嫩的手指翻閱繪本。眼淚再次盈滿眼眶。

小翼是圓佳在世界上最重視的人，甚至比自己的命重要。

這孩子還這麼矮小，大人隨手就能抱走他，塞進休旅車。只要人有惡意，隨時都能綁走他。

辭職吧。

圓佳當下就做出決定。

育兒、家事、工作，逼得圓佳搖搖欲墜。許多人嘴裡說著好聽話，認為女人不能辭工作，嚇唬圓佳，但他們也不曾出手幫忙。圓佳累壞了，只能讓家人吃冷凍食品、現成配菜。

煽動圓佳與同學的大學教授，圓佳早已記不清對方的長相；那名同期的女同事調職去別的部門，彼此關係早已疏遠；母親工作的木桶工廠倒閉，轉往當地團膳工廠工作，工作之餘還要分神照顧圓佳的祖母，根本無力幫助圓佳；婆婆住在東京都內，之前小翼還小的時候，她偶爾會來逗逗孫子，但只要孩子大哭，她馬上開始喊圓佳，根本不想幫忙換換尿布、餵離乳食品。公公更是冷漠，從未抱過小翼。

圓佳辭去工作後，立刻就感覺身體變輕鬆。

補足睡眠，不再累積慢性疲勞，天空彷彿更加湛藍。圓佳加入社區的育兒社團，在幼稚園和其他媽媽成了朋友。她試著做甜點，一針一線縫製孩子去幼稚園用的布袋。手工藝療癒了圓佳的心。她甚至開始感謝丈夫，如今經濟因素逼迫無數女性堅守職場，相較之下，自己實在有福氣。

小翼上小學那年，丈夫收到調職令，必須轉調中國，而且公司鼓勵員工單身調職，他必須獨自前往海外工作。幸虧圓佳在地方上交了不少朋友，她聽到消息時才沒有慌亂太久。

兩人分別兩地，她還是能用平板，和真治面對面通話。聽說外派中國的人員會因為當地網路限制，不能使用社群網站或是手機軟體通話，不過真治的前任人員也會和日本的家人通網路電話，他有把使用方法留給真治。兩人決定在晚上打網路電話，時間就是現在這個時間。

比起兩人焦躁不安的雙薪時期，現在他們能面對面說話，心靈的距離比當時更親近。

「所以結果何時會出爐？」

真治對圓佳說道。

「結果？」

圓佳一時沒聽懂他說什麼，原來話題不知何時又繞回小翼的考試。

他嘴裡說兒子這年紀應該四處玩耍，內心還是很在意兒子的考試結果。

圓佳噗哧一笑，說道：

「是什麼時候呢？我記得補習班說會個別通知結果。不提這個，阿真明天還要工作，對不對？」

他們今天聊得比平時還久。圓佳還得收拾碗盤，心想差不多該結束通話。不過——

「看來他們打算給成績的時候順便推銷。」

真治卻這麼說。

「圓佳，假如『H』跑來推銷課程，別聽一聽就讓小翼去補習班。現在少子化，那些補習班擔心生意不好，聽說他們故意在家長面前捧一些笨小孩，說他們很聰明，家長應該讓孩子去考私中考試。」

「你說得好過分喔。」

圓佳笑著說。

「更何況，小翼這年紀何必去考全國測驗？圓佳也快成了虎媽了。」

真治開了圓佳玩笑。圓佳又看了一次時鐘。

「小翼還不用特地去考全國模擬測驗吧？」

他還在講。

「是電視上播廣告，小翼自己說想考看看。」

「你們母子怎麼都這麼容易被廣告釣走。」

「還有幾萬人也被釣走了呢。」

圓佳笑著找藉口推託，心想阿真也太喜歡聊補習班或考試了。

又隔了一天，陽光普照著城市。前天的雪沒多久就融化，柏油路反射著朝陽明亮的光。

街道的景色沒有變化。難以捉摸的寒冷消失無蹤，強風吹拂，呼喚著春天。

第三學期的課程還剩一點。課堂結束得差不多，孩子們今天整個上午都用來舉辦六年級的惜別會，以及統整一學期的班會。

小學家長會固定舉辦例行會議，這一天，圓佳來到學校參加例會。這次是本年度最後一場例會，追加了「當月會報」部分，還有新舊委員的問候，因此會議比平時多開了二十分鐘。

家長會例會多半辦在兒童團康、勞作用的多功能空間，結束後必須把排成「U」字的桌子、鐵椅收好、歸位。圓佳很喜歡最後的收拾工作。一眼望去，要整理的鐵椅、桌子多得令人煩悶，但成員同心協力，一下子就收拾完。看到整個空間整整齊齊，內心也很有成就感。地板寬闊，春日斜陽灑落室內。

「終於結束了。」

圓佳收完最後一張鐵椅，一走回來，酒井貴子便對她說道。她們一起擔任家長會紀錄一年了。

「對呀。」

圓佳感嘆地回答。

貴子和圓佳是同為媽媽的好朋友，住同一棟公寓。她們的孩子都讀聖芽園，在公寓算少數派，圓佳最近幾年和貴子走得比較近，知道貴子個性爽朗又公正。孩子上小學的六年內，家長按照孩子數量，一人至少需要擔任一次家長會委員。貴子認為遲早都要做，不如早點做完，便邀請圓佳，一起主動接任。

一整年的工作終於結束，圓佳感覺今天特別清爽。這下直到孩子畢業前，她都不用在選家長會委員的時候尷尬以對，更何況，和貴子一起工作的這一年確實很愉快。所以——

「佳佳，我們去『Angels』喝茶，一邊談後續的交接，順便吃午餐，好不好？」

貴子邀請圓佳的時候——

「哇，好主意！」

圓佳像孩子一樣高聲答道。看看時鐘，十一點多個幾分，用來談交接很充足了。

「那個，我們等一下是不是要交接工作……」

「麻煩兩位了。」

兩名母親來到貴子、圓佳身旁。她們從四月開始就要接任家長會紀錄，她們的孩子學年比小翼高，但她們應該是第一次擔任家長會委員，神情略帶憂慮。

貴子開朗地邀請兩人共進午餐，她總是能輕易跟任何人拉近距離。貴子俐落地推進話題，圓佳站在一旁，遲遲想不起兩名母親的名字，只能沉默。印象中其中一位是小四生的媽媽，另一位是小五生的媽媽。前年的委員提名是圓佳和貴子自告奮勇，相較之下，這次的兩名紀錄都是猜拳猜輸，接任接得很不情願，但責任都到了頭上，她們依然認分地答應交接工作。聽說有些家長接任委員後直接鬧消失，態度極差，幸好自己的繼任者還算正經。

一行人騎腳踏車，從小學前往 Angels。Angels 是小學附近的家庭式平價西餐廳。餐廳距離車站有點遠，座位又多，非尖峰時刻通常不會客滿，是這一區主婦難得的聚會地點。

「楠田太太和林太太要點什麼？」

貴子在點餐之前招呼兩名太太，不著痕跡說出她們的名字。她們分別是楠田太太和林太太。圓佳暗想，自己可不能聽過就忘。楠田太太穿著深藍色高領毛衣，留了短髮；林太太一身纖細的粉紅香檳色上衣，髮絲燙了些微波浪。

「那讓我們重新自我介紹一下。我是酒井貴子，這位是有泉圓佳，我都叫她『佳佳』。她和我一起擔任了今年一整年的家長會紀錄。」

貴子用暱稱稱呼圓佳，圓佳則是直呼其名。貴子只要和其他母親拉近距離，不知不覺就會為對方起個暱稱，但大家都是大人，圓佳不敢隨便用綽號喊人。

「然後，我先跟兩位大略說明紀錄的工作……」

貴子拿出交接用資料，正經八百地開始解釋——

「我今天是工作請假才有辦法來。」

楠田正巧和貴子同時開口。

「選任委員的時候我也提問過，家長會例會是不是都辦在星期二？如果是，我很難每次都出席。」

楠田面帶笑容，語氣卻很堅決，氣勢壓過圓佳。

貴子無動於衷，說：

「工作因素無法出席也沒關係的。例會只需要一名紀錄在場，兩位自行決定誰要出席就可以了。假如有些會議時間兩位都無法出席，可以拜託會計錄音，會後在家打成逐字稿就可以了。」

「那個……我不定期會開辦手作教室，稍微調一下日子就能參加平日的例會，還請您今後多多關照。」

林跟著說，楠田這才點點頭，接受工作。

交接過程其實一下就結束了。這一年，圓佳每個月參加例會，整理會議紀錄，製作「家長會通訊」，經過副會長校正，會長核可後，印成紙本，分發給全校學生。紀錄的工作量大，還有一些通聯、雜務，圓佳接任前沒想像過會這麼辛苦。不過她們把交接資料傳送到兩位繼任者的手機，追加說明卻意外地少。

「這些資料能不能紙本化？」

楠田問道。

「紙本化……」

林頓時垮下臉來。

「我不太會用電腦。」

她說。

「您說的是……總有一天是該紙本化……」

貴子也沒有答得太肯定。

「唉……」

楠田輕輕嘆了口氣。

「楠田太太是上整天班，對不對？請問您平日是不是比較沒時間討論家長會的工作？」

林轉移話題。

「我是上整天班，但公司就在旁邊的客服中心。我午休時間可以偷跑到這間西餐廳，只要時間不長，平日還是可以見面談。」

楠田回答。

「這附近有客服中心？」

「國道旁邊不是有一間五金百貨？旁邊的大樓就是客服中心。」

「我知道五金百貨，但妳說五金百貨旁邊的大樓，我一時想不到在哪裡。」

「就在大樓裡面。不過我不只工作忙，明年開始，我的小兒子要去考私立中學。」

圓佳聽著兩人的對話——

「咦？您的小兒子要當考生？好厲害。」

她不自覺地讚道。楠田轉頭看向圓佳——

「一點也不厲害。」

她反駁。

「我家兩個兒子懶到不行，根本沒藥救。我之前沒想過讓他們考私中，結果大兒子今年春天要進『四中』，我現在才突然擔心得不得了。所以才想讓弟弟去考私中。一點也不厲害。」

楠田又強調了一次。

「小兒子不寫作業、不交功課，和朋友一胡鬧就停不下來。結果被老師盯上，成績單慘不忍睹！生活表現欄居然一個圈都沒有，連一個都沒有。他就這樣升國中，肯定考不上高中。送他去考私立中學，至少還能升進『學校』！某方面來說，私中考試是彌補小孩不成材的最後手段！」

「原來是這樣……」

圓佳是下意識稱讚對方兒子，沒想到楠田會冒出一大堆抱怨，圓佳只能一頭霧水地點點頭。

對方的兩個兒子真有這麼「沒藥救」？圓佳直覺不該隨便發表感想，也許對方只是說話謙虛，她又不知道該怎麼回應，決定暫時不多嘴，保持沉默。

而貴子善於察言觀色——

「不過，高中推甄比較注重非考科目嘛。我之前聽說被非考科目的老師討厭，成績就完蛋了，所以私中考試的考生多是男孩子。」

她立刻接過話題。

「我也聽說過。」

圓佳附和。但是——

「圓佳家不用擔心這些啦！」

貴子高聲說，她接著面向楠田、林，突然開始稱讚小翼：「她兒子是超級資優生，個性又善良，是個很棒的孩子。」

貴子之所以稱讚小翼善良，是因為兒子翔太讀幼稚園的時候，曾被同學戲弄，小翼當時主動站出來罵那些同學，至少發生了兩、三次。貴子認為小翼有恩於兒子，至今時不時就提起這件事。圓佳高興歸高興，聽了總是很害臊。

「不會，我兒子沒妳說得這麼好……翔翔也很優秀，他很懂歷史呢。」

不知不覺變成兩個人在互相稱讚。

「我家哥哥光會念喜歡的科目，只有歷史成績能說嘴啦。」

「這年紀就喜歡歷史，很厲害呀。」

圓佳這話並非客套。翔太學齡前的時候來圓佳家裡玩，就背得出很多戰國武將的名字，讓圓佳不禁讚嘆。翔太說父親喜歡歷史，家族旅行的時候大多去參觀城堡、古蹟。

「說是喜歡歷史，他也只喜歡戰國武將。他還做了一本武將筆記，把戰國時代的資料寫成數值，什麼武將的家臣人數、大米產量之類的，光懂這些是能幹麼？」

圓佳已經聽貴子提過好幾次武將筆記、大米產量。貴子說到翔太，態度總是很謙虛，但仍會找機會聊翔太的事。

不知道楠田和林聽了會不會覺得無聊？圓佳偷瞧了兩人，她們笑得很和善。不過——

「高中甄試不是會考英文嗎？」

楠田又把話題拉回高中甄試。看來她們果然覺得無趣。

「我家孩子絕對考不好。他別說不擅長，根本是恨死英文，小學英文課在上什麼，他完全聽不懂。但也難怪啦，他現在講日語，我都聽不太懂了，更何況英文。」

在場人聞言，哄堂大笑。

「林太太家的小孩有沒有打算考私中？」

貴子把話題帶到沉默很久的林身上。

「當然有，我家姊姊已經考過私中了。」

林回答道。

「咦？考過了嗎！」

楠田好奇極了，之後話題便圍繞在林家孩子去年考私中的經驗。林剛才還羞愧地表示自己不會用電腦，一提到長女，便滔滔不絕講個不停。聊到一半，貴子和楠田異口同聲高呼：「柊美！」接著又相視一笑。「哎唷。」「我們居然說話重疊了。」

圓佳的餐點正好上桌，她一時分心，漏聽最重要的部分。

她從三人的對話推測，「柊美」應該是一所學校的名字，似乎是明星學校。

「我有聽說『四小』今年有學生考上女子四天王，居然就是林太太家的千金呀。」

「哎呀，這不是超級優秀嗎？」
「那妳另一個孩子也會考私中對不對？」
「她現在讀哪一間補習班？」
兩人興致高昂地追問——
「我家孩子是讀『H』。」
林答道。
圓佳內心一驚。
「我也有意讓妹妹考私中，她現在和姊姊讀同一間補習班。」
「H」果然比較優質？鋼琴老師，還有林，都選擇送孩子讀「H」，孩子才考上名校。
「不過姊姊和妹妹個性不一樣，我也不知道她之後會不會順利。」
林語帶保留，卻表現得輕鬆、沉穩與自信。畢竟她曾帶長女成功考上私中，想必妹妹的學業也順利進步中。
圓佳還想聽林分享更多經驗，不過——
「簡直像活在不同世界。」
楠田的說法彷彿在劃分自己和林。圓佳吃了一驚。
「『H』的課程只適合媽媽是家庭主婦的家庭。」
楠田說著，拿叉子刺入嫩煎雞肉。林聞言，眉頭微微一蹙，嘴唇不悅地半敞。

圓佳看得一清二楚。

「『H』要考入班測驗，好像有很多小朋友落榜。」

貴子說道。

「整理講義、教材是不是辛苦極了？」

林聽楠田這麼一問，答說：「的確很辛苦。」

楠田用力點點頭：「入班考試難考，課程又困難，父母不密集幫小孩看功課，小孩完全跟不上。啊，林太太家的女兒很優秀，她自己念就能念好，但不是每個孩子都這麼會念書。我小姑也是家庭主婦，小孩也讀『H』，但是考試前還是得讓父母陪讀，我小姑老是碎念，小孩備考，反而是爸媽念書念到快瘋了。」

「我好像也聽說過。」

連貴子都附和道：

「要讓小孩讀『H』，要嘛媽媽是家庭主婦，有時間盯功課；要嘛父母考過私中，可以教會小孩；要嘛就請個家庭教師。」

「我家才沒錢請家庭教師。」

圓佳暗想，林太太才提到自己送孩子去讀「H」，這話題對林太太未免太失禮。聽楠田的口氣，她似乎很敵視「H」，又對家庭主婦有一些刻板印象。說起來，林太太剛才說自己開手作教室，不知道是哪一種手工藝？結束後來問問她好了。圓佳查看了林的神情，她仍笑容滿面地聽著，沉默不語。

趁著兩人的話題中斷——

「楠田太太家的孩子是讀哪一間補習班？」林問道。

「我家是讀『大日』，站前那一間補習班。」

「是『大日講堂』啊，聽說那間很照顧小朋友。」

貴子湊上前，似乎對「大日講堂」很有興趣。

「是呀，補習班裡有自修室，升上六年級還附便當，是職業婦女的好夥伴。」

「補習班居然送便當？」

「而且只收一個硬幣的費用，一個硬幣喔。一份五百圓，附牛奶。」

「只算便當的話，一份是四百圓左右啊。」

從貴子的神情看得出來，她覺得便當錢不便宜。「貴是貴了點，但是啊……」楠田稍微壓低嗓子：

「便當還附味噌湯，配菜種類又多，菜色很不錯。」

「可是附牛奶……我家小孩很容易拉肚子。」

「牛奶可以換成蔬果汁！」楠田說得像自己的功勞。

「咦？太好了吧！」

貴子忽然雙眼發亮。

「酒井太太也在工作？」

楠田問道。

「沒有，我沒有工作，但我有三個小孩，說到念『H』需要幫孩子整理講義、看功課、做便當，我沒那麼多時間，應該是不考慮『H』了。我如果要送孩子去補習班，可能會挑『大日』。」

圓佳聽了貴子的回答，內心恍然大悟。

貴子說要送孩子去補習班……代表她也在考慮補習班或私中考試？她們從未聊過這個話題。

翔太和小翼一起上「學Q」，不過「學Q」就在小學隔壁，許多小朋友會進「學Q」，好比課後的社團活動，學習並不積極。圓佳以為翔太也和那些小朋友一樣，但靜心一想，翔太除了「學Q」，還會上一堂線上講座，叫做「探究講堂」；又會參加附近人民團體開的週日圍棋、將棋課。貴子提到戰國武將話題時，態度總是在自豪和謙虛之間搖擺，可以隱約察覺，她應該很熱衷教育孩子。

「住這附近的太太果然都很重視教育。居然這麼多人都考慮送小孩考私中……」

圓佳深感佩服，不過——

「畢竟還有『南小』那件事啊。」

楠田壓低嗓子說。

南小那件事？圓佳不解，貴子也一臉疑惑。瞧了瞧林，她的刀叉僵了片刻，又開始用餐，不過側臉透露絲絲緊繃。

「『南小』每年都很亂啊。那裡的小孩也會升上『四中』。」

楠田說道。

「咦？有這回事？」

圓佳等人的孩子是讀第四小學，如果沒有特別考私中，他們會直升第四中學。南小就在火車鐵路另一頭，印象中和四小是同一個學區。

「妳們不知道嗎？聽說南小的小六生會勒索國中生。我去開小學家長說明會的時候，大家討論得很熱烈，據說那個小六生長得很壯，對老師講話沒大沒小，還曾在學校亮刀子。」

「咦咦？」

圓佳小聲發出驚呼。

「一想到孩子上了中學，會和那種小孩當同學，就不太想讓小孩念四中了。」

「我也聽說過，那個小六生很有名。不過畢竟學年有差……」

楠田的嗓音蓋過貴子——

「聽說南小的學區有很多集合住宅區的小孩。」

她這麼說。

「集合住宅區的小孩……」

林嘀咕道。

「說到集合住宅區，我們學區裡的集合住宅區是公務員宿舍，也有法官家眷。但是南小那邊的集合住宅區就沒這麼正經，聽說啊，那裡很多家庭很窮。」

圓佳一時懷疑自己聽錯了。她居然說得這麼難聽。

「南小的家長之前說，小孩子之間起衝突，那些住宅區裡的父母還反過來指責別人，他們的小孩很多都是未來的流氓。而且南口那邊的氣氛和這裡不太一樣嘛。很多柏青哥店或小酒館，工廠附近的便利商店前面，常常有染金髮、染褐髮的小孩晃來晃去的。」

圓佳聽著楠田抱怨，不動聲色地窺看林和貴子的表情。兩人面不改色，靜靜聆聽。

這個地區以車站為界，南口和北口的氛圍大相逕庭。當初買下現在住的公寓時，真治也有點介意「另一側」。北口站前都市更新之後，街景井然有序，有一些外資咖啡連鎖店進駐，還開了不少專賣店、雜貨店。相較之下，南口保留早期的鬧區，又有一些小規模的風化場所，龍蛇混雜。真治口中的「另一側」，正是指南口，也就是南小的學區。

「聽說南小今年的小四生也很粗魯，我家小兒子又特別容易被人牽著鼻子走，我一定要讓他逃離四中。」

「……對了，這裡的套餐有附甜點嗎？」

林打開了菜單。

他們一頁頁翻著菜單，卻沒人說想吃東西。四人只是靜靜盯著甜點頁面，盯了好一陣子。

圓佳鬆了口氣。幸好林和貴子不會隨便附和楠田那番發言。窮困家庭、未來的小流氓之類的，感覺提不得。圓佳從沒聊過這些話題。

結果四人沒有再加點，面帶笑容，離開座位。她們確認交接資料完整之後，便騎上各自的腳踏車，在店前道別。

圓佳和貴子住同一棟公寓，她們的回家路線一模一樣。圓佳有點忐忑不安，她以為貴子會繼續剛才南小的話題。

不過，貴子面向圓佳——

「佳佳，我們要不要下次自己去開慶功宴？」

她開朗地說。

「慶功宴？」

「我們去吃好吃的東西，用午餐獎勵我們這一年努力做紀錄的辛苦！」

「真的？我好開心。」

圓佳非常喜歡貴子這一點。圓佳很不喜歡拒絕別人或被別人拒絕，不太敢自己提議、邀約對方。貴子總是想到什麼，就坦蕩蕩地邀請圓佳。多虧貴子，她們才多了更多機會一起出門，交情也越來越親密。

「花岡寺站走一小段路，有一間我一直很想去的店，可以去那裡嗎？」

「嗯，當然可以。」

「那之後再約時間？」

風徐徐吹過。幾根瀏海黏在額上，應該是自己出了汗。圓佳伸出手指，輕輕撥開瀏海，繼續踩踏板。貴子騎在前方，羽絨外套的衣襬隨風飄搖。某處傳來花香，也許有些花心急，開早了。

轉過轉角，公寓就在眼前。

「小翼今天也去上游泳課？」

貴子問道。

「嗯。」

「他真努力，好認真。」

貴子的語氣沒有一絲芥蒂。圓佳稍微安心了。兩人有一段時間刻意避開游泳課話題，貴子最近才漸漸主動提起。

「不過，他最近一直沒進步。」

圓佳說道。

「能堅持游下去就很厲害了。我家那孩子，早就忘記自己和小翼一起游泳過。」

貴子笑著說，圓佳也跟著笑了。

兩人的兒子上幼稚園的時候，總是一起去游泳學校。晴天就騎腳踏車，各自載孩子，雨天則是搭貴子的車，夏季、冬季班也安排在同一時段。她和貴子會在參觀室俯視泳池裡的孩子，一邊閒話家常，練習結束後再到 Angels 喝茶，開心極了。

不知是上小學前，還是上小學後左右，翔太和小翼之間的游泳實力越差越大，圓佳開始覺得尷尬。小翼進步神速，展現游泳的才華，經教練判斷之後直接跳級。翔太運動神經很好，在同齡人裡也算游得不錯，小一就晉級蝶式班，很厲害了。然而翔太卻停留在蝶式班整整一年。每次翔太測驗不合格，貴子的臉便跟著隱隱抽動，最後翔太放棄游泳，理由是想多一點時間踢足球。圓佳覺得遺憾，卻也鬆了口氣。小翼一次就考過蝶式，也通過蛙式考試，晉階到混泳計時班。貴子每次稱讚小翼很厲害、和自家孩子不一樣，圓佳聽在耳裡，只覺得難過，一起參觀課程的時間不如以往快樂。翔太放棄游泳時，小翼正巧獲選預備選手B級班，兩人的練習時間錯開，無法一起上課。

不過小翼升上預備選手B級之後，過了半年，還在同一級。泳技、速度都還維持現狀。

維持現狀，等於是退步。孩子的身體不斷長大，秒數卻沒有跟著縮短，太奇怪了。有個同學年的孩子和小翼一起升上預備選手B級，叫做桃實，她早就升上預備選手A級。圓佳本來想讓小翼自由發展，但是桃實是和小翼同一時間升級，圓佳始終很介意桃實成績好。桃實的母親總是觀察孩子的游泳狀況，認真做筆記。圓佳見狀，每次都暗自找藉口說我家孩子不需要和她們一樣投入，卻又不自覺質疑，兩個孩子的練習內容一樣，為什麼實力會越差越多？

「小翼做什麼事都很認真。我家孩子老是三分鐘熱度，真希望他向小翼學學。」

圓佳聽貴子稱讚聽到渾身發癢，一時害羞過頭——

「沒有沒有，小翼沒有這麼強。像三班的桃實都升上預備選手A級了。」

一不小心就提起別的孩子。

「哎呀，人家是玩真的嘛。」

貴子直接脫口而出，反而讓圓佳以為在別人眼中，桃實是認真學游泳，我家的孩子就沒那麼認真。

「桃實果然很有名。」

圓佳嘀咕道。

「倒也不是桃實本人有名，他們家媽媽原本是運動選手，比較懂體育。足球課上，也有很多家長請教桃實的媽媽，怎麼訓練孩子。聽說有人問到兒童也能喝的蛋白飲之類的，但我跟他們不太熟。」

「這樣呀。」

「運動神經果然會遺傳。桃實將來也許會參加奧運呢。乾脆趁現在跟她要簽名好了。」

「對呀。」

貴子笑得單純，說道：「那我們之後再決定慶功宴的時間。」圓佳隨口道別，順便把關於小翼游泳課的淡淡苦澀趕出心裡。兩人走向各自的腳踏車停車場。

最近家用電話幾乎不會響。一到家，只見家用電話的語音留言顯示燈不停一點一滅。

圓佳按下播放鈕——

「這裡是『Hallmark升學補習班』花岡寺校。」

電話播放女性柔和的嗓音。留言內容提到，補習班希望趁著發還全國統一學力測驗成績單的機會，和圓佳面談。

他們選擇面談，不是郵寄成績單……這是要推銷？圓佳想起真治的提醒，不禁繃緊神經。假如補習班真要推銷，她大概不需要主動電話聯絡。果不其然，「H」晚上又打了電話來。

這次來電和語音留言的人一樣，是一位女性工作人員，她說補習班校長希望親自和圓佳面談。圓佳心想果然是推銷，另一方面又很訝異，不懂校長為何要特地出馬？說到「H」的校長，應該就是那位在家長說明會上，大談考試結果無所謂的老師，印象中是叫做「加藤」？他和學校家長說明會的老師不一樣，說話非常風趣，莫名吸引人。

校長為什麼會主動提議見面？圓佳不自覺地揚起脣角。他該不會想說「令郎非常優秀！請一定要來我們補習班就讀！」不對，自己想太多了。圓佳自嘲了一下，嗤嗤笑著，心底卻把可能性當真。

小學結業式前一天，天氣晴朗，彷彿在祝福自己和貴子的小小慶功宴。

她們在公寓大廳會合，一起搭公車、搭電車，穿越花岡寺站的百貨街，走過河畔小路。她們聊著天，彷彿回到學生時代。貴子朋友多，經常從電視、網路吸收資訊，幅度又廣，總是能搬出有趣話題。貴子說話風趣，話題豐富，從英國王室八卦，到最近流行的保健方法，圓佳聽了又是佩服，又是高聲大笑。

堤防上種了不少櫻花樹，淡粉色的花瓣，猶如撕散的棉絮，含苞待放。強風颳過雙頰，卻不如前陣子凜冽。春天即將到來。漸漸看得見店家了。

那是一間開在河畔的小小義式餐廳。貴子點了一杯白酒，圓佳心想今天是慶功，也點了一杯甘甜的雞尾酒。之後兩人點了午餐推薦菜單，蘑菇燉飯以及半熟蛋披薩，並要了小碟子。

前菜時間，兩人聊著一起追的連續劇，分享感想。話題順勢帶到之前的交接午餐會，貴子問圓佳：「妳怎麼看那位楠田太太？」

「問我怎麼看……」

貴子見圓佳不知所措，笑著道歉，接著說：

「其實我之前沒告訴佳佳，楠田太太個性火爆，早就傳遍各學年的家長之間。林太太大概也知道。日野太太、松井太太事前告訴過我，我內心是有個底，妳嚇了一跳吧。」

日野和松井負責挑選家長會委員的人選。基本上沒有人想當家長會委員，她們必須挑出一些人選，私下說服對方接任。某方面來說，甄選委員比一般委員更困難，歷代都由人脈廣、富責任感，深受眾人信賴的家長擔任。

「原來是這樣。楠田太太該怎麼說，火爆嗎？她的確很有主見。」

圓佳說道。

「有主見嗎？」

貴子重複了其中一段，嘻嘻笑了笑，隨後似乎想起了什麼——

「日野太太、松井太太都稱讚佳佳很溫柔喔。」

她說道。

「咦？她們怎麼會這麼說？」

「佳佳絕對不會說人壞話嘛。該說是很溫柔？還是很懂用字遣詞？」

「討厭，反過來說，我就是有點陰險？」

「呃。」

「對呀，又沒關係，有點陰險的人，相處起來才好玩。我很喜歡佳佳這一點喔。」

對方話裡突然多了句「喜歡」，讓她心裡一暖。圓佳害臊之餘——

「我才不陰險呢。」

她反駁道。

「有啦，有陰險。」

貴子大笑。圓佳望著對方樸實的笑容，也跟著覺得有趣。「這樣說好過分喔。」

她說著，又暗自認同，自己也許如貴子所說，有一點陰險。

「楠田太太在孩子低年級的時候，曾經因為成績單的評語發飆，在全學年的家長會議上直接要求老師，說評語的基準要設得更明確。她還直接在眾人面前逼問級任導師，為什麼給她孩子這麼爛的評語。這件事已經變成當年的奇聞了。」

「她好強。」

「應該說好嚇人吧？聽說那位老師突然被家長這麼逼問，慌了手腳，沒能好好回答。」

「老師是誰？」

「他已經離開學校了。聽說對方當時才剛上任，可能是家長會議那件事逼走他了。是有點可憐，但是當老師的人，抗壓力也不能這麼弱。」

貴子顯然拿這件事當玩笑話。也許日野、松井也用相同態度在聊這件事。反正都會成為他人茶餘飯後的話題，與其嚴肅看待，不如當作輕如鴻毛的小話題，還比較對得起那位教師、楠田太太。圓佳不得不承認，自己聽得津津有味。當地名人的詭異舉止，總是會成為午餐的配菜。

「不過，幸好楠田太太對紀錄的工作還算積極。我一開始覺得那兩位太太要湊在一起工作，有點說不出的詭異。不過楠田太太耳根子軟，捧個幾下就沒事；林太太個性滿成熟的，她應該會穩穩協助楠田太太，感覺會很順利。」

貴子很聰明，總能在聊天內容變得尖酸刻薄前一刻，轉移話題。而且她語氣幽默，對他人的評價也是合情合理。

貴子已經塑造出開放的聊天氣氛，圓佳想藉機探探口風。她下定決心，於是——

「她之前提到南小的事……也嚇了我一跳。」

她試著提了話題。

「喔喔。」

貴子微微點頭。

「我很吃驚。她讓孩子考私中，竟然是為了避開南小的學生。」

「她當時的確說過呢……啊，對了。」

貴子忽然說到翔太班上的女同學家長打電話來。說是他們下課時間打躲避球，翔太不小心惹哭人家。

「翔太只是說了兩次『妳要去外場』。那女孩不知為何不遵守規則，翔太只好直接開口……然後對方家長說什麼『我家孩子看起來很難過』，簡直把翔太當成愛欺負人的孩子。妳怎麼看？」

「呃……那位媽媽也許不清楚狀況……」

圓佳說著，沒能順利聊到南小的話題，內心有些不上不下。

貴子對南小的話題沒太大興趣，不過圓佳聽完楠田的說詞，不由得擔心，不知該不該讓孩子去讀四中。等到小翼上中學，楠田口中那位南小的問題兒童，應該早就畢業，現在也沒聽說四中有亂糟糟的傳聞。同為母親，她認為楠田的擔憂很正常。做人父母，本來就希望盡可能減少同學帶給孩子的負面影響。
圓佳雖然有同感，卻不希望表現得太明顯。畢竟這份擔憂有一些歧視意味。但就圓佳的感覺，楠田能大聲說出自己的想法，她的個性也許比自己更坦蕩蕩。
圓佳顧慮太多，本以為能和貴子坦白自己的擔憂，貴子卻不停說著躲避球的話題。
「貴子，妳打算讓翔翔考私中？」
趁著躲避球話題告一段落，圓佳直率地問道。
「嗯？怎麼這麼問？」
貴子笑著回問。
「因為妳之前和楠田太太聊到大日講堂的事……」
「喔，那個喔。」貴子點了點頭。「翔太之前是在大日講堂考全國測驗。之前電視不是常常播一個大型考試的廣告？就是那個。我覺得翔太這年紀考試太早了，但我家爸爸說可以讓他去試試實力，還是趕在報名截止前報考。然後我去參加那間補習班的家長說明會，會上提到他們有一班高中考試先修班。他們在說明會上瘋狂嚇唬家長，說小孩未來要準備高中考試，最好趁小學時先預習英語和數學。」她講了一長串，語速有點快。
圓佳心裡轉著一些想法。對方提到全國測驗，應該就是小翼之前考過的那一場考試。倘若圓佳選擇讓小翼在大日講堂赴考，也許會撞見貴子。說不定那時彼此會用考前才緊急報考當藉口，解釋自己為什麼沒有事先告訴對方，接著一起參加家長說明會，之後開開心心地喝杯茶。

「說到底，我家有三個孩子，不可能從中學就讓他們讀私立。不過小翼是獨生子，妳會讓他讀私立吧？」

圓佳見貴子說得理所當然，反射性否認了。她不知為何，刻意補上一句「我怎麼會讓他讀私立？」她也錯過機會，無法向貴子坦承自己帶孩子去別的補習班，考同一場考試。

「哎啊，妳一定要讓小翼讀私立吧。我很難想像小翼去讀四中。翔太常常說，他們學校最聰明的人就是小翼。」

「沒這回事。小翼才是常常佩服翔翔，說翔翔懂很多東西。」

「我家孩子說不上聰明啦，只有武將知識可以拿來說嘴。武將筆記本都寫到第三本了。」

「那很厲害呀。他這麼懂戰國武將，將來一定很有發展。」

兩人一如往常互相吹捧，這時色彩鮮豔的甜點也端上桌。她們輕聲歡呼，享用甜食，大聊甜點感想。圓佳每一次和貴子共度短暫時光，都很快樂。

「希望翔太上了三年級，能和小翼同班。」

貴子吃完甜點，祈禱道。

她的神情和善又誠懇，衷心希望兩個孩子能夠同班。圓佳內心一陣揪緊。

貴子方才說「喜歡圓佳」的時候，表情也是天真如少女。不像是尋常客套話。儘管成了大人、成為母親，只要和貴子相處，總是能繼續品嘗女性好友互相胡鬧的感覺。貴子想必從青少年時代，就是人群的中心。假設兩人年輕時同在一間教室，她們可能無法當朋友。正因為她們長大成人，才能發覺彼此的優點；也因為她們相遇時同為母親，才能真心欣賞對方。翔太和小翼的學校只有兩個班級，兩人至今卻從未同班。

「真的，小翼一定很高興能和翔翔同班。」

圓佳誠心地說。然而事情就是如此奇妙，圓佳這麼喜歡、信任貴子，卻始終沒有告訴她，小翼和翔太考了同一場考試。

「H」的面談，安排在聚餐幾天後的下午。

小學已經迎接春假，圓佳目送小翼搭巴士去游泳俱樂部，之後才前往花岡寺。「H」就在花岡寺附近。

圓佳在會面室與加藤面對面。對方的印象和家長說明會時不太一樣，身高較矮，頭頂稀疏。加藤在說明會上嗓音宏亮，現在卻判若兩人。只見他對圓佳喃喃吶吶，說些制式問候，態度懦弱。

然而，他沉默了片刻——

「真是太驚人了……」

語氣隨即多了誇張的抑揚頓挫。

「驚人？是指什麼？」

圓佳早有預想，內心雀躍，臉上仍故作謙虛。

加藤從手上的信封取出幾張紙——

「小翼之前寫問卷，回答自己『從未』上過補習班。太驚人了，請問他真的沒有補過習？」

他這麼問。

「是，但他有去上『學Q』。」

那些紙張似乎是小翼寫的問卷。加藤垂眼確認——

「對對對，問卷上有寫。」

他淡淡一笑。看來「學Q」並不算是補習班。

「請問他是不是只在『學Q』就讀？」

「他現在還有上游泳班和鋼琴班。」

「所以學業相關的課程只有『學Q』。請問小翼在『學Q』的成績是不是大幅領先其他同學？」

「不，算是普通。」

「那麼小翼是否在家寫過許多練習題、題庫之類的？」

「沒有，我沒有讓他特別準備。」

圓佳答著，內心的預感逐漸明確。

此時，加藤終於從信封中取出彩色紙張，攤開在桌上。

這是小翼的成績單。

「算術的偏差值（註1）是五十七，成績算是很不錯。」

加藤說道。

不過，圓佳實際看了成績單，心情卻急轉直下，連自己都嚇了一跳。

五十七點一。

居然只有五十七點一。

「國語的分數也挺好的。」

加藤指著算術隔壁的分數，那是國語的偏差值。

「六十六點八。一個男生，沒經過特別訓練，第一次考試，偏差值就有六十以上，很優秀。令郎經常看書？」

加藤問著，沒有直視圓佳。他瞥了圓佳一眼，目光又馬上轉往成績單。加藤也許本性害羞。他語氣和藹，認為小翼確實有實力，但沒有積極推銷課程。

「是……他從小就很愛看書……」

註1　偏差值：日本中學、高中、大學考試採用的判定標準，代表考生單科或綜合成績，與當年全學年平均分的距離。日本的學校偏差值一般介於三十五至七十，六十五以上為前段頂尖學校。

「令郎想必讀了很多好書。一定是媽媽您念給他聽、為他選書，認真培育他的閱讀能力。」

「但他要進軍決賽，看來還有一大段距離。」

圓佳說道。

「決賽呀……」

加藤臉上多了一絲笑意。

這場全國測驗，各學年會選出前五十名，於東京灣沿岸的考試會場再舉行一次考試。家長說明會上發過資料，考進決賽可以獲得獎品、免費旅遊，甚至接受電視、網路新聞媒體採訪。

直到剛才，圓佳對決賽沒有一分一毫的企圖，然而聽加藤又是吃驚又是稱讚，她不禁開始在意，還有孩子比自己的兒子更聰明。平均偏差值六十二點八，一萬六千三百八十七人中，排名第一千八百七十三名。小翼與決賽之間，還有超過一千八百個孩子，所有人都是相同學齡，他們卻比小翼聰明。加藤卻為這不上不下的名次吃驚，看來他只是說客套話，方便招生。圓佳不禁一陣羞愧，自己居然聽了幾句好話就得意忘形。

「這位媽媽，請聽我幾句。決賽可說是另一個世界了，您不需要把決賽當成目標。」

加藤悄聲勸道。

他或許打算安慰圓佳，嘴邊卻隱隱勾起一絲微笑，狠狠傷了圓佳。不需要把決賽當成目標，是什麼意思？他想說決賽和小翼無緣？

「不，我本來就……我從未把決賽當成小翼的目標。我有自知之明，我家的孩子本來就搆不著決賽的邊，我只是感嘆，世界上還有這麼多厲害的小朋友……」

「呃，不不不，我不是這個意思。」

加藤神情變嚴肅，他的音量原本就小，這下又壓得更低，像要偷偷告訴圓佳一個祕密。

「這話請別外傳。想在這場測驗取得能進決賽的成績，必須做足各種準備跟策略。」

「策略？」

「『統測』的題目類型是固定的。算術分為六大題型，計算題、簡答題、文字題、文章題、圖形題、算式文字題。國語則是漢字、常用句、知識題、論說文、閱讀測驗。每次考試都是相同類型，其實很容易猜題。」

「啊，請等我一下。」

圓佳急忙拿出筆記本和筆。

「這位媽媽，沒關係，不用做筆記。我提題型的意思是，那群拚過決賽標準的孩子，早就模擬過無數次相同型式的測驗，訂好時間分配和解題順序，才來應考。學年越高的決賽裡，很多是從低學年考試上來的熟面孔。他們身經百戰啊。我猜小翼沒有訂定任何策略，直接裸考。他可能到測驗前聽說明，才知道怎麼畫答案卡。」

「是，就是這樣。我家孩子真的是第一次接觸補習班……」

「一個從未接觸正式考試的孩子，竟然能拿這麼高分，恕我僭越，我認為簡直是小奇蹟，小翼原本就有一顆聰明的頭腦。我相信他只要按部就班學習，未來甚至能以四天王為目標。」

「四天王？」

圓佳低喃著，假裝第一次聽到這個詞彙，而她的自豪也成了形，漸漸在內心擴散。

「不好意思，我不太清楚這些名詞。請問四天王是指……」

她早在網路搜尋了好幾次，卻莫名想假裝無知，詢問加藤。

「男校四天王是指『星波學苑』、『赤坂學園』、『晃之丘中學』、『玄陽中學』。女校四天王則是『桃友女學園』、『聖克萊爾女學院』、『柊美女子學院』、『春之光女子中學』。」

加藤提到「柊美女子學院」時，圓佳這才恍然大悟。幾天前的午餐聚會上，林的長女就是考上這一所學校。楠田和貴子一聽見校名，還異口同聲大讚是四天王之一。

圓佳之後查了一下私中考試的四天王，想知道兩人為何反應如此激動，結果馬上冒出一大堆資料。補習班的招生宣傳、考生家長的網誌，處處可見「四天王」。現在想想，「H」在家長說明會發過紅榜，上頭也標了「四天王合格人數○人！」。

「我家孩子有能力考上那麼好的學校？」

圓佳怯怯地問。

「他有足夠的潛力。」

加藤十分爽快，給了她想聽的答案。

「真的？」

「視學習方式而定，甚至能進『西阿佐區』。」

西阿佐區。對方流暢地丟出另一個神祕詞彙。這是私中考試的其中一個名詞。經常出現在補習班網站、教育界人士的網誌，用來形容一個孩子有多優秀。

「請問『西阿佐區』又是……」

圓佳明知意思，仍露出陌生的神色，想確認答案。畢竟她直到上網搜尋之前，從未聽過這個詞彙。

「啊，真是不好意思。四天王首席的星波學苑，最接近西阿佐谷車站，把星波學苑列為第一志願的孩子，就被稱為『西阿佐區』或『西阿佐派』。同樣道理，晃之丘中學最接近中北澤車站，所以志願考上晃之丘中學的孩子，又稱『中北俱樂部』。補教圈圈子小，這只是一些業界用語。」

「原來，聽起來很有趣呢。」

「西阿佐畢竟是首都圈的頂尖學校，有『日本第一中學』之稱，又被稱為私中考試的聖地。令郎未來說不定能穿上星波的西裝制服。」

「哎呀！」圓佳不禁提起嗓子：「老師，虧您要對這麼多家長說好聽話，招生真辛苦呀。」

話一出口，她赫然一驚。加藤不悅地瞇起了眼。

不過，他隨即和善地笑道：

「託各位家長的福，敝校學生成績名列前茅，不需要說太多客套話哄騙家長，以利招生。我純粹是看小翼的成績優異，男生擅長國語，多半心智較早熟，若能讓他進私立中學，和實力相當的同學彼此砥礪，或許在未來能有更好的發展，所以才特地建議您。並非每一位家長都能得到我這番建議，不過府上有自己的教育方針，是我多事了，這裡向您致歉。您願意和家人討論一番，再決定是否讓令郎挑戰私中考試，那是再好不過了。成績單先交還給您。」

加藤說完，將成績單收回信封，遞給圓佳，隨即站起身。

對方語氣滿不在乎，圓佳不禁反省剛才的發言。真治之前交代過，圓佳便以為補習班一定會推銷課程。然而靜下心一想，「H」的許多學生比小翼更有實力，甚至有人考進決賽。單算加藤負責的分校，今年就有十五名學生考進「西阿佐」。他身邊圍繞那麼多聰慧的孩子，還願意認同小翼的潛能，自己卻把對方的好意，當作哄家長用的客套話。真是太沒禮貌了。

「老師，真是非常抱歉。剛才那句話讓您不舒服了。」

圓佳將信封抱入懷中，誠心道歉。加藤早已起身，打開會面室的房門。圓佳的顧慮落空，他回過頭，表情十分和善，臉上沒有憤怒，沒有焦躁。他回望著，不懂圓佳為何道歉。

「呃，因為我剛才說話太沒分寸……」

圓佳低聲說道。加藤乾笑了幾聲，眼神多了幾分執著，眨了眨眼，又消逝無蹤。他現在無疑是一張敦厚的校長面孔。

「不不不，您並沒有說什麼沒分寸的話。只是呀，這個……來，這邊請。」

他慈眉善目，含糊地說了些話，粗指從剛才開始就靠在牆上的按鈕，輕輕一按，會面室的燈光登時轉暗。他軟性催促圓佳走向大開的房門。圓佳非走不可了。

「那個，我……」

「請您和家人促膝長談，也記得傾聽令郎的意願。假如最後決定要挑戰私中考試，屆時您願意考慮本校，我們也是非常樂意、歡迎。」

加藤的表情依舊柔和，鄭重地彎腰鞠躬，再起身時，他已經換上專業講師的面孔，即將前去教授下一堂課。

圓佳背起提包，兒子的成績單收在包包裡，她從花岡寺搭車，回到離自家最近的車站，再搭上巴士，但方向和平時的返途不同。她今天決定親自去游泳俱樂部接小翼下課。

春假集訓到今天正好過一半，預定要做計時測驗。小翼平時是搭游泳俱樂部的接送巴士上下課，但圓佳事先告知過會去接小翼。她想知道小翼的最新成績。

午後的公車很空曠，圓佳輕鬆坐到窗邊座位。

見周遭沒有人，她拿出加藤給的信封。面談以尷尬的氣氛結束了，她暫時將剛才的狀況趕到腦袋角落，讀起成績單附上的各種「H」相關資料。課程傳單、課程申請書，還有一本錄取經驗分享集。圓佳隨手翻了翻——

・將運氣化為實力的千日之路

・搭乘星波列車，大獲全勝！

・我在私中考試的收穫

・送給未來報考星波的學弟妹的一番話

・從下定決心，絕對要上星波的那一天起

……

光鮮亮麗的標題不停映入眼簾。前幾頁大多是星波學苑中學的錄取者感言。果然在私中考試的圈子內，星波可說是十分耀眼的名牌。圓佳這麼不熟悉東京的私立學校校名，也耳聞過星波學苑。

再翻過幾頁，後半刊了許多學生放榜時的照片。看著這些陌生孩子洋溢喜悅的笑容、活力十足地高舉雙手，胸口不禁感動萬分。同時，她不自覺想像著，小翼在榜單前，歡喜地高舉雙手。

最後一頁有個單元，標題是「星波錄取生問卷調查」，發表了以星波為第一志願的三大原因。

第一名，運動會、園遊會很有趣。

第二名，社團活動感覺很好玩。

第三名，父母推薦。

運動會、園遊會以及課團活動……這些詞彙代表青春時光，圓佳不禁莞爾。她還無法想像小翼升上中學的模樣，但她有預感，未來那些活潑、美好的時光正在等著小翼。

——就讓他挑戰看看，讀得太辛苦再放棄就好了。

圓佳天真地盤算著。

「H」的學費一個月要付一萬兩千日圓，每週兩堂課。圓佳不清楚這個金額算便宜還是昂貴，但她有能力支付。真治之前雖然提過，小二升小三就上補習班太早了，但現在這一刻，仍有許多孩子正在「受訓」，希望有朝一日考進決賽。當他們夫妻倆還在迷惘、猶豫，那些孩子已經踏實地向前邁進。

圓佳將錄取經驗分享集小心收回信封。

一走進參觀室，圓佳旋即與桃實的母親對上眼。對方先打了招呼，圓佳不得不主動坐到她身旁。

「小翼游得很努力。仰式的姿勢越來越標準了。」

桃實的母親爽朗地笑了。晒得黝黑的臉蛋浮現幾顆雀斑，但她不太在意。她只畫了口紅，一頭看似褪色的棕金髮絲，隨意束在後腦杓。她的清爽外貌，仍藏有幾分前運動選手的痕跡。

「桃實在預備選手A級待得怎麼樣？」

圓佳問道。

「嗯，她說很好玩。畢竟是和大哥哥、大姊姊一起游泳，看來她很受寵。」

桃實母親和圓佳聊著，眼睛仍盯緊女兒。玻璃窗外，桃實宛如人魚，流暢地游在池面上。

預備選手B級和A級程度差異極大。A級班有許多孩子身材明顯比較高大，班上不只有中學生，也有高中生。小翼讀的B級班下午才上課，A級班的學生則是一到春假，天天帶著便當，從上午開始游。練習量、幹勁都不同於B級班。桃實在A級班裡年紀最小，身材也嬌小，但一進池中，游泳的姿勢、速度都不遜於其他同學。

「桃實真厲害，每次看到她，她又比上一次更快了……」

「她還早得很呢。」

桃實和小翼在幼兒時期的實力相近。小翼偶爾游得比她快，甚至在比蝶式的時候，小翼始終占上風。

兩個月前，桃實升上A級班後，圓佳有一陣子很不想參觀游泳練習。她明明打算讓小翼自由成長，卻下意識拿兒子和桃實比較。嫉妒緊黏著心靈，想削也削不去。簡而言之，她就是不想承認，小翼居然輸給桃實。

「聽說桃實在喝蛋白飲？」

圓佳想起貴子的話，問道。

「是啊。」

桃實的母親點了點頭：

「玉田教練說肌肉量很容易掉，勸我讓她喝一點。」

她解釋道。

「這樣啊，好專業。」

玉田教練是這間游泳俱樂部的招牌教練，是前奧運獎牌得主。他平常緊盯著選手班，偶爾才會來查看預備選手A級班的狀況。這間俱樂部在玉田教練的指導下，至今已經培育出好幾名選手挑戰國際大賽，其中也包括奧運。

「蛋白飲太甜膩，其實不太好喝。小桃為了讓游泳變快，每次都忍著喝光。」

桃實母親面有難色，語氣卻帶著一絲得意。預備選手A級班幾乎是比照選手班，用類似的肌肉訓練菜單，也會規定飲食內容。一杯蛋白飲，證明桃實距離選手班只差臨門一腳，她已經過著異於普通小孩的生活。

「她好了不起。桃實將來應該會參加奧運吧？」

圓佳脫口而出。話一出口，她才暗叫不好，特地明說反而太失禮。然而——

「不知道，不過聽教練說，桃實已經超越曾根選手小二時的紀錄了。」
桃實的母親平靜地回答。
「咦？這麼厲害啊……」
曾根選手是玉田教練的愛徒。他前不久才以日本代表身分參加亞洲游泳大賽，被視為下屆奧運的後備選手。
聽對方隨口說出玉田教練、曾根選手的名字，圓佳再次體會到，桃實已經徹底超越小翼。小翼晉級預備選手B級時，她想像過小翼一步步當上游泳選手。然而A級班和B級班的泳姿擺眼前比較，差距一目了然。A級班的孩子，柔軟又有力地擺動手臂，泳姿猶如水中蛟龍。桃實也一樣。她原本就游得快，最近似乎找到訣竅，氣勢逼人。
「啊，紀錄賽開始了。」
桃實的母親湊上前去。
預備選手班的全體學生爬上池畔，按照順序進行五十公尺計時賽。在場的孩子泳技高明，他們的泳姿賞心悅目，令人著迷。
不知道這次計時是按照學年順序，還是游泳學校的資歷？總之教練從身高較高的孩子開始測驗，最後只剩下四個身材嬌小的孩子，桃實和小翼也在列內。他們和剛才計時完的孩子相比，是如此稚嫩，但所有人在跳臺上的預備姿勢有模有樣。
隔著玻璃窗，外頭傳來些微哨音，四人同時躍入池中。

「第二道是四年級生，第三道是五年級生。」

圓佳沒有問，桃實的母親自動解釋。第四道是桃實，第五道是小翼。四人滑順游去。這場紀錄賽是挑戰選手自己的最快紀錄，圓佳卻不自覺當成競賽，焦急地觀望。

剛開始十五公尺還是勢均力敵，之後便是桃實一馬當先。圓佳大吃一驚，短時間不見，她已經游得如此飛快。折返也毫不遲疑，一口氣加速。返程的二十五公尺，她不見疲態，反而逐漸邁進。

「衝啊！」

最後十公尺，桃實的母親輕喊道。

「衝啊！」

她握緊拳頭，聲音變得高亢，彷彿忘記圓佳坐在旁邊。這次只是單純的紀錄賽，並不是大比賽，沒有家長會用力為孩子加油，安靜的參觀室內，桃實母親的嗓音莫名響亮，但她毫不在乎。

桃實一抵達終點，桃實的母親立刻看向池畔的計時器。

「算是勉強過關……」

她嘀咕「勉強過關」是什麼意思？她們究竟是以什麼為目標？小翼還在游，他游到最後已經無法維持姿勢，顯然是累了。小五生、小四生幾乎同時抵達終點，小翼比他們更晚抵達。

遠遠看去，小翼垂著肩膀，氣喘吁吁，簡直累壞了。桃實卻還精神奕奕，從池畔向母親打暗號。小小的手指比了個數字。她想告訴母親測驗結果。

「桃實……游得好快，嚇我一跳。」

圓佳故意裝作不在意兒子的紀錄，熱切地讚美桃實。她的確衷心佩服這個女孩。

「還早得很呢。」

桃實告知的數字的確優秀。桃實的母親嘴上說得謙虛，容光倒是煥發。櫃檯旁貼了紀錄賽的最新結果，桃實週週刷新自我紀錄。她今天的成績肯定又更好了。

相較之下，小翼……

圓佳輕嘆一口氣。小翼只是憑蠻力撥動池水，也許是太多多餘動作，表面上看似猛勁十足，其實游得並不快。以前他的速度和桃實差不多，兩人的成績怎麼會在不知不覺間越差越遠？

小翼在池畔微微抬頭，忽然望了參觀室一眼，又馬上移開目光。到了收操時間，小翼悄悄走到高大孩子後方，遮去圓佳的目光，最後一溜煙逃去淋浴間。

他的結果，肯定比之前更差……

圓佳很沮喪，她不想再看到桃實母親的喜色。她勸自己，小翼才小學二年級。他在那些鼓起腹肌的中學生、高中生之中，顯得格格不入。收操時，小翼躲在大孩子之間，露出圓滾滾的小肚子，簡直像是誤闖大人世界的小朋友。

圓佳很清楚，他能升上預備選手B級班，其實很有實力了。當初和小翼一起學游泳的翔太，還有在小翼之前就來上課的其他孩子，他們都沒有升上這個級別。兒子才華洋溢，剛才卻羞愧地閃躲參觀室的目光，要歸咎她這個母親。她今早問小翼：「你今天絕對能刷新自己的紀錄，對不對？」圓佳悔不當初，早知道就別多嘴，孩子太可憐了。

圓佳確實同情小翼，也自知自己的話如同詛咒，但孩子拿不出結果，她依舊灰心，內心也忍不住質疑，為什麼他沒辦法游得更快？

「我女兒等等還要拉筋、課後檢討，先走了。」

桃實的母親對圓佳說。

「嗯，謝謝妳。」

圓佳起身，離開參觀室。

明明兩個班的每月學費差不多，預備選手B級班不會教學生拉筋，也不做課後檢討。圓佳按捺不住心中埋怨，她不想埋怨，卻阻止不了自己。假如預備選手班裡沒有桃實，也許自己不會有這麼多糟糕的想法。

圓佳一如往常坐在櫃檯前的長椅，等待小翼出來。

小翼見到圓佳，露出開朗的笑容，直喊：「好累喔！」

「辛苦了。」

圓佳說道。

兒子假裝樂天，是基於自尊心以及自我防衛。小翼的游泳成績沒有提升的時候，總會假裝很活潑。圓佳見狀，心生多少同情，就產生相同分量的反感。

「成績怎麼樣？」

她非問不可。

「我下水之前，肚子有點痛……」

「時間，幾秒？」

她又問了一次，小翼才吞吞吐吐地說出數字。

圓佳語塞。這次的成績不只比上次測驗差，更是最近幾個月最慢的一次。

「這樣啊。」

「我下次會加油的。」

「也是，下次再加油吧。」

母親的心情跌落谷底，小翼也不敢再裝開朗。兩人走向公車，路上沒說幾句話。

往車站的公車很擁擠。母子倆並肩站著，凝望窗外，黃昏的街景往車後逐漸流去。

「我下一次，絕對會好好努力。」

小翼說出下一次的目標成績，一再強調，他絕對、一定會做到。

成績帶來的震驚已經淡去，圓佳開始同情小翼，終於揚起微笑。

「小翼，媽媽今天來接你之前，去了一趟『H』。」

她告訴小翼。

「『H』，是之前考試的地方嗎？」

「嗯，他們把考卷發回來了。」

「分數怎麼樣？」

小翼馬上問起成績。但是身旁人太多，圓佳只說等一下再看。小翼凝視母親，想從表情看出情緒。他期待又膽怯。

回到家，打開電視，電視正好在播放貼身採訪貧困族群的紀實節目，背景配上令人生畏的音樂。內容講述低價社福住宿的業主，擅自向貧困族群收取保護費。其中一名居民受訪表示：「……萬一他們趕我走，我又沒地方可以去。」圓佳想切換頻道，但小翼看得很專注，就放著讓他看了。

晚餐上桌，圓佳把電視音量調小之後，給小翼看「H」發回的成績單。小翼第一次看到名次、偏差值之類的字眼，茫然地盯著成績單：

「長這樣啊。」

他只說了這句感想。

他看不懂眼前的量表、數字，也不知該作何反應。

小翼望向母親。

「你沒有考進決賽呢。」

圓佳對兒子說道。

「嗯……」
小翼低下頭，飛快咬緊了脣。那動作之快，像在後悔自己沒有馬上察覺失敗。
「可是你只要多拿三十五分，就能進決賽了。」
圓佳又說。
小翼聽完——
「再三十五分啊……」
他重複道。
「老師說國語只要再對一題，然後算術全對的話，就可以去考決賽了。好可惜喔。」
「是這樣喔！」
小翼大聲嘆道：「哎唷！」
「小翼，你很不甘心？」
圓佳問道。
「不甘心！我沒有考進決賽！」
他聽完，氣沖沖地說。
「很不甘心呢。」
「不甘心！不甘心！不甘心！」
小翼難得大聲喊著，這句「不甘心」，或許包含游泳紀錄賽的份。圓佳輕撫小翼的背部，抱進懷中。鼻子貼上兒子的頭皮，聞到一絲消毒水的氣味。

「小翼，媽媽今天去補習班。補習班老師說小翼很厲害，因為能考進決賽的小朋友，從小一就開始上補習班，每天很努力用功念書，解過很多考試會考的題目，才懂得怎麼考試。小翼第一次考試，卻拿到這麼高分。補習班老師一直稱讚小翼，說你很棒喔。」

「一點都不棒！我又沒進決賽！」

「決賽」，小翼恐怕是幾秒前才第一次聽見這個字眼，然而孩子的心靈太過柔軟，他順從母親的期望，竄改自己的記憶，誤以為自己從以前就渴望這項事物。

「對呀，聽說如果考進決賽，不但可以拿獎狀，拿電子辭典，前三名還可以去新加坡玩呢。」

「新加坡！」

「小翼也想去新加坡玩？」

「唔……」

小翼忽然開始沉思，歪著頭的模樣實在可愛。他不知道新加坡在哪裡。

「至少要考進五十名以內，才可以進決賽。小翼很聰明，好好讀書，也許有一天可以進決賽。但你保持現在這樣，一定進不了，所以不用煩惱喔。」

圓佳故意調侃兒子，小翼微微皺眉。

「才不會！」

小翼說。

「只是要進決賽而已嘛，我想考一定考得到！」

兒子稚嫩的倔強，照亮了母親的心。就在剛才，小翼吸走圓佳藏在內心的失望。

「『H』的校長老師說小翼有一顆聰明的頭腦。你去上補習班，好好上課，也許就能進決賽了。怎麼樣？小翼想去補習班上課嗎？」

圓佳本以為兒子會順勢答應。

「那游泳跟學Q該怎麼辦？」

小翼意外地謹慎。

「咦？游泳是星期二跟星期四，應該可以繼續學。你想繼續上學Q？」

「嗯，翔太也在學Q嘛。」

「媽媽看過『H』的課表，三年級班星期三上算術，星期六上國語，學Q也可以繼續上。」

「那鋼琴課呢？」

「鋼琴課是星期六的下午三點開始，可以繼續上。補習班是五點開始上課，鋼琴課上完之後再去就好了。」

「可是……那我就沒有時間出去玩了。」

「你不是想考進決賽？」

「我想呀。」

「那你上完學Q就可以玩了，而且可以偶爾把游泳課改到星期天，這樣就能空出時間去玩。」

圓佳說歸說，其實也覺得行不通。

現在小翼同時上游泳課跟學Q，他只剩下星期三可以一放學就和朋友玩個夠。小翼很珍惜每個星期三，沒有和朋友約，他也一定會奔出家，跑到學校旁邊的兒童館，直接在館內找人一起玩耍。

小翼是獨生子，他很親人，個性和善，馬上就能跟陌生孩子玩在一起。他從幼兒時期就很擅長和人打成一片，貴子在一旁看了，都不禁稱讚他有社交的才能。

學Q下課後，小翼也一定會玩夠了才回家。學Q班上還有幾個感情好的朋友，翔太、理樹、颯太郎，所有人都挑同一天上課。說是去玩，其實只是下課後，一起去附近公園閒晃。公園裡有一條人工小溪，他們會在回家路上順道小冒險——吸吸花蜜、玩踩影子、在溪邊找水黽……他們總是玩得很開心，圓佳甚至以為小翼是為了課後的小冒險，才去學Q上課。小翼會搜索小腦袋，想出各種詞彙，向母親分享他的快樂時光，他清澈的雙眸總是很拚命，額頭甚至沁出汗水。

這一區一到晚上五點，社區廣播就會播放帶有鄉愁氣息的音樂。不知道是小學、中學，還是社區自治會播的？圓佳天天聽那首音樂，也不知道究竟是什麼曲子？總之這一區每天都會播音樂，附近居民都稱之為「五點的音樂」，圓佳叮嚀過小翼，五點的音樂開始放之前要回家來。小翼至今都遵守約定，乖乖回家。

「星期天的預備選手班人數好多，能游到的時間好少。」
小翼正在煩惱游泳課該不該改天。
「你這麼想繼續游泳？」
小翼聽圓佳這麼一問，詫異地看向圓佳。
「你其實不用勉強自己繼續上預備選手班。」
言下之意是，反正小翼沒辦法像桃實一樣當選手。
「我想繼續上。」
小翼小小聲地說道。
「我今天肚子痛，沒有游得很好……」
「外面有很多小朋友已經在上補習班，為了考進決賽努力用功。聽說他們都不會跟朋友玩，也沒有上才藝班。」
「可是我好不容易升上預備選手，不想現在放棄……」
「你兩邊都想學？」
「嗯，兩邊都想學。」
「可是兩邊都學，你和翔翔、小颯、樹樹一起玩的時間就會變少了，這樣可以嗎？」
「唔……嗯……」
小翼苦思著，小腦袋左搖右晃。

「你不一定要上補習班。」

圓佳嘗試性地說。

小翼聞言——

「媽媽覺得怎麼做比較好？」

他直接問道。

「這是小翼的人生大事，媽媽沒辦法幫你決定。」

「人生」，自己居然對八歲的小小孩，使用這麼難懂的詞彙。兒子聽了，一臉不知所措。

「只是媽媽覺得，為了你的將來好，好好念書很重要。雖然世界上人生百百種，媽媽希望你可以用功念書，進一所好學校，腳踏實地工作，在爸爸媽媽不在之後，可以靠自己活下去。所以媽媽覺得你應該早點開始準備。媽媽以前如果可以上補習班，也會選擇去讀書。」

「嗯，我知道。」

「補習很花錢的，外面還有很多小孩想去補習，卻沒辦法去。像剛才電視裡，世界上還有人在流浪，沒有家。可是我們家還有能力，可以讓你偶爾去上幾天補習班。」

「這樣啊。」

小翼點頭表示明白，眼神仍猶疑不定。接著——

「我還是有時間玩，只是出去玩的時間變少一點，對不對？」
他小心翼翼地向母親確認。
「當然可以玩。你就好好利用時間，用力玩，努力上預備選手班，一邊挑戰全國測驗決賽。」
「那我就去上補習班！」
小翼下定決心，說道。
「你想去補習嗎？」
「嗯！我想去補習！」
「那我今天晚上就問問看爸爸，看他願不願意讓你去補習。」
「嗯，謝謝媽媽！」
小翼向母親道了謝。

一如往常，電子音響起，真治出現在SKYPE畫面的另一頭。他應該還沒洗澡。看真治的表情就知道他剛下班，一到家就馬上打電話過來。
圓佳仍不免在心底埋怨，假如他能再早半小時，甚至再早一小時通話，至少可以讓他看看小翼。她好想讓真治聽聽看，小翼一個小時前說過什麼。
真治從剛剛開始，就一直抱怨中國籍祕書離職，跑去越南的公司工作。他不顧累積至今的信任與道義，見到大筆金錢，二話不說就跳槽到競爭對手的公司……還有上次視察週之後，增島病倒了。增島原本腸胃就不好，工作一忙就常生病。之前也發生類似的事。

「妳有在聽嗎？」

真治說到一半，確認圓佳的反應。她剛才分心了。

「啊，對不起。你剛剛說工作堆積如山？」

「那個早就講完了。圓佳，妳是不是有點累？」

「不是啦，我不累，只是在考慮一件事。」

「什麼事？」

「就是呀，之前小翼不是去考試嗎？」

「喔，全國測驗啊。我早就忘記他去考過了。怎麼，結果出爐了？」

「聽補習班老師說，小翼的程度可以挑戰四天王。小翼也很喜歡考試，說想去補習班上課。」

圓佳一股腦地說出口。

「妳看，來了。」

真治調笑地說。

「打從妳帶小翼去考試，我就知道最後一定會來要求讓他上補習班。畢竟補習班推銷手段很高明，反正他們一定是告訴妳，您府上的少爺非常優秀，趕快來讀我們補習班，讓我們一起努力準備。現在少子化那麼嚴重，市場無法平行擴展，只好向下挖。以前小學二年級根本不會去想什麼補習班。圓佳又很容易被影響，之前也是……」

「小翼不算小二生，在私校考試圈子，他已經算是小三新生。而且以前是以前，現在是現在。現在的私中考試，多半從這個年紀就開始進補習班讀書了。」

「看，妳已經被補習班洗腦了。」

「不是補習班老師說服我，大家都這麼說。而且『H』的老師沒有像阿真說的，一直推銷課程。因為『H』裡面早就有許多更聰明的學生。小翼只是以初次考試來說，考得很高分，成績根本進不了決賽……」

「決賽？」

「只有獲選的孩子才能進決賽再考一次。說是考進決賽會送電子辭典，前三名還會贈送新加坡之旅。」

「我那時候根本沒有針對小二生的全國測驗。都是升上小五才在考。」

「總之，小翼距離決賽還有一大段距離。」

真治聽圓佳說到這——

「原來，他就這點程度。」

語氣多了幾分沮喪。

「只能說人外有人。」

圓佳說道。

「補習班不是發了考試結果嗎？讓我看看。」
真治的臉忽然貼近視窗畫面。
「啊，好。」
圓佳拿來加藤轉交的信封，取出全國統一學力測驗的成績單，攤開成績部分，放到相機前。
真治瞇眼細看成績單——
「算術偏差值才五十七，這麼慘。」
他這麼說道。
「啊，嗯，可是我聽說，其他孩子早就知道題型，而且小翼是第一次畫答案卡……」
「但他國語考得很好。偏差值五十七啊，也是啦。那孩子果然是天生文科生。」
「他很多計算錯誤，原本會寫的題目才會寫錯。可是老師也說，沒有準備考前策略，就考到這些分數，已經很了不起了。」
「會算錯，代表他數學能力就那樣。」
「但是聽『H』的校長說，他的國文能拿到這麼高分，簡直是奇蹟。」
「畢竟我以前也很擅長國文。」
圓佳決定現在說出一直想說的話。
「小翼看了結果，說『他好不甘心』。」

「是喔？」
「小翼說想考得更高分。他的國語只錯三題，數學如果沒算錯，分數也比現在高很多，每一個錯誤都錯得很可惜。那孩子很不甘心。」
「他已經學會不甘心啦。」
「小翼說他想考進決賽。我就說，你想考進決賽，一定要進補習班用功念書，思考怎麼解題，小翼聽了就說想趕快進補習班。」
圓佳拚命說服丈夫之餘，發現自己被話刺傷了。
真治剛才說小翼的算術分數「這麼慘」。圓佳之所以故意無視，是因為她不願意接受事實。
而真治沒注意到圓佳的感受，又說道：
「那種考試根本是補習班的宣傳工具，小孩考個偏上的成績，聽聽好話就送進補習班，該說是太隨便，還是著了補教業的道？而且小翼才小二啊。備考是馬拉松，妳這麼早送去補習班，他能撐多久？我在他這個年紀，還在到處玩、到處混咧。」
「可是阿真的私中考試不是『考砸了』？」
圓佳此話一出，螢幕另一頭的真治赫然僵住。
但真治隨即扯出笑容——
「也不能說考砸，只是沒考上第一志願。哎呀，隨便啦。」
他說道。

「這樣啊，我還以為是你太晚開始備考。」

「說晚也算是晚，畢竟我小時候玩得凶。」

真治語速變快了，圓佳的話顯然動搖了他。

結婚前，圓佳聽婆婆大略提過，真治因為私中考試考砸了，才在考大學的時候扳回一城。

丈夫意外大受打擊，圓佳卻毫不愧疚。她也覺得真治剛才那句「真慘」很過分。他嘴巴上說什麼小孩就是要到處玩，那就不要挑剔兒子的成績。假如他很在意自己「考砸」，就應該盡早讓兒子開始備考。

「先不說這個，假如那孩子這麼想去補習班……這樣好了，我有一個條件。」

真治說道。

「條件？」

「要努力游泳，還有上學不可以請假。」

「這是兩個條件吧？」

「對啦，是兩個。他現在比起念書，更需要注重身體健康和校園生活。啊，我忘記還有一個很重要的條件，要早睡早起。送他去補習班上課，也要讓他九點就上床睡覺。」

「九點有點難。像他今天是剛剛才睡著。」

「太晚了吧？他在幹麼？」

「做很多事，洗澡、看書，還玩了一下遊戲……」

「妳有規定他玩遊戲的時間嗎？」

「當然有。」

「玩遊戲很容易上癮。還有，他現在最需要注意身體發展，就算來不及九點上床，還是要盡早哄他睡。假如他能遵守這個條件，我就答應讓他去補習班。」

「……謝謝你。」

最後在真治勉強同意之下，小翼得以去「H」就讀。既然都花錢去補習班了，目標應該會放在星波學苑。

圓佳腦中浮現錄取經驗分享集上，一張張孩子的笑容，感覺內心甜滋滋的，另一方面又心生隱憂。自己好比搭上一班無法下車的巴士，做了一個無法挽回的決定。

切斷與丈夫的視訊電話，她輕輕搖了搖頭，走向寢室。以往她和丈夫、兒子三人共用一間寢室，如今只剩她和小翼。望向床鋪，兒子已經發出鼾聲。他額上覆上一層薄汗，小嘴微微蠕動，已經徜徉夢鄉之中。

圓佳拉上被子，蓋住兒子裸露在外的肩膀，凝視著那張小小睡臉，漸漸撫平帶刺的心。

她想幫這孩子擴展未來。這不是心願，比較接近義務。萬一這孩子讀到高年級，才要求考私立中學，到時候就來不及了。我希望為這孩子多準備一些選項。沒錯，現在思考要不要考私中，還太早了。補習班老師說著西阿佐區云云，但自己根本不知道星波學苑是什麼樣的學校。現在自己只想增加小翼未來的選項，要考什麼學校，也要等到很久以後才面對。

思考到這，方才的憂慮逐漸消融，內心只剩純粹的母愛，「為這孩子著想」，這念頭沒有半點瑕疵。圓佳的雙頰盈滿笑容。

明天就打電話給「H」，辦好入班手續。

圓佳微微點頭，給兒子的額頭一吻，至於方才的視訊電話，丈夫聽見「考砸」時，瞬間暴露的慌亂神情，她早已拋諸腦後。

第二章　十歲

「各位請進。」

林三保穿上繡有玫瑰圖案的桃色圍裙，以細柔嗓音迎接圓佳一行人。圍裙柔和的色澤，襯托柔順褐髮，戴了口罩，仍不減她的華美。

「今天要麻煩妳囉。」

貴子第一個進門，朝氣十足和林打完招呼，換上拖鞋。玄關白皙明亮，屋內泛著一股清涼的香草氣息。

「我們今天來這趟，真的是兩手空空喔。」

「當然了，怎麼能讓各位多禮。」

兩人簡單客套，林也向其他客人笑了笑。圓佳跟在貴子身後，脫了鞋，穿上鋪棉布料做的柔軟拖鞋，和大橋千夏、中村優希一起進屋。

林住在一棟細長的獨棟住宅，沒有庭院，房屋外觀小巧精緻，不過走廊很整潔，天花板挑高，屋內給人寬廣的印象。最近連續幾天下了雨，今天倒是雨過天晴。燦爛陽光直接穿透天窗，照向玄關，凸顯牆壁的白。

「這邊就是工作室。不好意思，屋子小，空間亂了點。請進，喜歡坐哪都可以坐。」

玄關往屋內走一小段路，開啟前方的房門，屋內登時傳來森林的氣味。方才聞到的那股香草香，出處就是這間房間傳來。

「哇啊，好美。」

圓佳不由得讚嘆。這間房間大約八坪，正面就是一扇大窗戶，兩側牆壁都裝設整片訂製的開放式收納櫃。各個櫃子分門別類，放了鍍金漆的貝殼、純白羽毛，以及圖案纖細、迷人的緞帶。前方的白色牆壁掛滿各種花環，每一個都美得令人心醉。很多花環排在一起，看起來也好可愛。天花板垂下一顆顆水珠形狀的玻璃吊燈，閃閃發亮。貴子、千夏、優希也和圓佳一樣，目光望向工作室各處，異口同聲地直喊「好可愛」、「好漂亮」。她們不論往哪個角度看，都美得像幅畫。

應該是林打造了這個空間。她和善地笑著說：

「各位請坐，喜歡坐哪裡就坐哪裡，我去把晒在陽臺的材料帶過來。我家用的花材全都是真的植物。最近下了好幾天雨，花材沒辦法晒太久，摸起來有點溼，但已經開始散發香氣。各位可以戴上口罩，以防鼻子癢。」

接著，她把分裝在尼龍袋的口罩發給在場的人。

四人道了謝，順從地戴上口罩，各自在中央的大桌挑選喜歡的位置，坐了下來。

正面的窗戶通往陽臺，窗門傳來喀啦聲，自動打開了，一名氣質溫婉的女子走進屋內，她的穿著和林一模一樣，圍裙加口罩，頭上還綁了紅頭巾。她抱著一大團報紙包。

「這位是手塚悅子，是我的助手兼好友媽媽，透過大女兒認識的。」

林介紹道。

「請各位多多指教。」

手塚太太向所有人微笑致意之後——

「老師，我先把打底用的樹枝抱進來了，可以先攤開在桌上嗎？」

她問向林。圓佳聽了她們的對話，不禁升起小小的感動。林在家長會裡只是一名家庭主婦，在其他地方卻被稱為「老師」。林的側臉感覺比以前更加小巧、乾淨。

手塚攤開報紙包，裡頭滾出大量樹枝、樹葉。所有人一陣讚嘆。這些就是「鮮活的樹枝」？方才進屋瞬間嗅到一股森林香氣，就是出自這些真樹枝編成的花環。不過她們現在戴上口罩，遮去了氣味。

「好，今天非常感謝各位來到我的花環教室。開始動手之前，請讓我簡單說明一下。」

林說著，從收納櫃拿出一塊迷你黑板。兩年前，林接手家長會工作時，感覺人很內向，如今搖身一變成為「老師」，自信十足。

「說到花環，最有名的就是聖誕節花環，不過在國外不分季節，會隨時節變化，製作形形色色的花環來裝飾。另有一說，花環有避邪的含意。相傳只要把花環裝飾在家門，就可以保護家裡，不受邪魔干擾。」

四個家庭主婦聽得津津有味，同時點頭。

迷你黑板上早已整齊寫好花環的解說和插圖，由此可見，林平時就是利用這些道具經營花環教室。

「現在處處都買得到塑膠製花環，但我們教室裡選擇以常綠植物當基底，加上永生花或乾燥花，做出帶有質感清爽的花環。常綠植物的葉子一整年都不會枯散，是花環能避邪的重要象徵，所以我們教室堅持，冬天特別要使用常綠植物。今天使用的花材，是我去市集收集到的，當季的優良植物。」

林從剛才手塚攤開的報紙包，拿起一束又一束常綠植物，解說各個品種。這是橄欖枝、這邊的是迷迭香，這一束是尤加利……

「這些植物都很新鮮，各自帶有獨特香味，各位製作結束後，可以拿下口罩聞聞看。」

說明結束之後，四人各自選了喜歡的緞帶和底座，開始編製花環。

製作過程比預想來得複雜，卻很愉快。本以為大家會隨興做做，邊做邊開懷聊天。沒想到所有人都很認真，花環在寂靜中漸漸成形。只要有成員請教，林跟手塚會上前教導鐵絲用法，提供組合樹枝的小建議，觀察花環的平衡，修剪樹枝，或者幫忙把緞帶綁得更漂亮，其餘時間幾乎不閒聊。圓佳決定以纖柔的鐵線蕨做為主材料，各處加入橄欖枝，默默編織花環。

做到一半——

「妳在各處加上三、四個裝飾，花環的風格就會很不一樣喔。」

林建議圓佳裝上鍍銀貝殼。圓佳試著裝了一些，纖線蕨楚楚可憐的氣質隨即多了幾分高雅，彼此協調。

「好好看，感覺也很適合裝上珍珠糖球。」

圓佳聽手塚一說，又試著加上一顆大球吊飾，吊飾表面粗粗的，彷彿撒上一層砂糖。這是林製作的手工裝飾，一個要多加價三百圓。

「兩邊都好美，好猶豫喔。」

「就是說呀。我也是，不知道該選哪一條緞帶。」

優希坐在圓佳隔壁，正在煩惱緞帶要用藍色，還是銀灰色。

「雖然我們煩惱再久，回家裝在門上，老公、兒子絕對不會發現。」

千夏說完，所有人笑成一片。圓佳最近內心如同緊黏一層黑霧，不過她跟著笑，感覺黑霧隨笑聲散去。

上個月學校舉辦運動會時，貴子邀請圓佳一起參加林的教室。

那一天，圓佳非常頹喪。她前一天大受打擊，到了運動會當天還沒振作。小翼跑步比賽跑了第一名，高舉起腳，大跳土風舞，拔河也大聲吆喝，努力比賽。圓佳卻無法真心幫他加油。
就在這時，她在觀眾席上見到貴子。
「妳要不要去參加三三家的教室？」
貴子開朗地邀請圓佳。黃金週假期的時候，貴子全家一起去沖繩旅行，她現在皮膚還呈現幾分小麥色，那假期想必過得比往常更歡樂。
「三三家的教室？」
「就是林太太，當初接手家長會紀錄的那位。她之前不是說她在經營手工藝教室？」
「哦……」
圓佳徹底忘記這回事。她知道貴子和林還保持聯絡，但不知道她們已經親密到可以取暱稱。
詢問細項後得知，課程費用是四千日圓。圓佳不清楚這價格算貴還是便宜，不過當時她被逼得很焦躁，沒心情思考，暫且保留答覆。
一星期後，貴子再次邀請圓佳。她還另外找了優希和千夏，也訂好上課日期。圓佳這時已經從「打擊」中振作起來，終於答應邀約。圓佳想趁機散散心，同時也想起林提過，她的孩子現在小學六年級，正在就讀「H」。也許能向林打聽私中考試的消息。
運動會前一天，圓佳之所以大受打擊，是因為小翼降級了。「H」是以能力分班，小翼現在就讀「H」花岡寺校，而他的班別突然大幅下降。

「H」的班級，從高到低分別為最高階的四天王一班、四天王二班、四天王三班、四天王四班、難關一班、難關二班、難關三班……最後到難關十一班。四天王（shitennou）一班，取羅馬拼音的第一個字「S」，簡稱為「S1」，照順序是「S2」、「S3」、「S4」，再下一階的難關（nankan）級別則是取羅馬拼音的第一個字「N」，分為「N1」、「N2」、「N3」、「N4」……最低級是「N11」。

小翼升上三年級之後，一直待在四天王一班，也就是「S1」。然而，圓佳這次收到難以置信的通知。第一學期後半，小翼排到的新班級是「難關二」，換句話說，他降了整整五級。

小翼下課回家，得知降級消息，把額頭埋進抱枕，遮住臉，發出低吟般的哭聲。圓佳也咬緊了唇，悲傷、悔恨擠上心頭。

「小翼，再加油吧。下次一定要雪恥。」

圓佳說完，小翼抬起頭，望著母親抽搐的臉——

「……我絕對會回去S1！」

他說著，眼神彷彿連續劇的兒童演員，堅定有力。

「嗯，好，我們一起加油。你有什麼需要，媽媽一定幫你。」

圓佳也如同飾演一個母親，輕柔地告訴他。

接著——

「秋天的全國測驗，我會帶媽媽一起參加決賽。」

小翼宣告道。

「咦……」

圓佳沒料到小翼有此發言，內心一陣暖和，新的淚水盈滿眼眶。

「小翼願意帶媽媽一起去參加決賽？」

「媽媽很想去，對不對？」

「嗯，媽媽想去。」

小翼若能參加決賽，一定就像在作夢。消息會傳遍全校，人人都會稱讚小翼很厲害、很特別。圓佳望著兒子火熱卻充血的雙眼，心想，也許下一次就能順利進決賽。

去年秋天的全國統一學力測驗，考生多達兩萬名，小翼居然排進前三百名，令人振奮。

更驚人的是，小翼的偏差值大大跨越七十大關，成績分布圖上，代表小翼的紅色箭頭也落在最右邊。

圓佳隔著視訊電話，讓真治看了成績單，他喜出望外地大讚：「那孩子真行啊！」甚至稱讚妻子：「圓佳的策略太成功了。看來小翼真是個天才，很適合早期教育。」

話雖如此，只有前五十名才能參加大賽，小翼還是沒能跨過門檻。「H」的課程結束後，小翼正在收拾書包，加藤校長喊了小翼，並告訴他，他距離決賽只差兩題，僅僅兩題。圓佳聞言也大吃一驚，沒想到小翼已經距離目標這麼近了。

「加藤老師鼓勵我說，我下次一定能參加決賽。」小翼笑容燦爛地說著，圓佳一時衝動，順勢脫口說：「那就拜託你了，小翼，下次要帶媽媽一起參加決賽。」如今，她沉醉在兒子那句「帶媽媽去決賽」，完全忘記當初是自己主動要求。

「嗯，我一定會帶媽媽去！」

圓佳的目光宛如戀愛中的少女，深深迷上兒子的勇猛神情。

也因為期待太大，三年級後半的全國統一學力測驗，小翼的名次一口氣跌到七百左右，她大失所望。當時圓佳和小翼兩人一起垂頭喪氣，彼此鼓勵。加油，下一次一定要達到目標。

手工藝教室內，花環製作得很順利，不知不覺，時鐘的指針已經來到下午。

所有人的手作花環終於完成了，總計花了近三小時。成品從樹枝、小裝飾，處處各有各的美。林把每一個花環輪流掛到牆上的空白處，打光，拍照。手塚是用手持閱讀燈簡單打光，但調整得宜，花環浮在白牆前，透著淡淡陰影，每一個花環都看起來十分特別。林說會把成品照片上傳到社群網站。

眾人再次望向平板螢幕，欣賞圓佳的花環照片，紛紛讚嘆。

「總覺得這個花環很特別。」

「好美。」

千夏和優希著迷地說。同一時間——

「佳佳果然很有品味，作品很時尚。」

貴子說得很肯定。

圓佳嘴上謙虛，但問她四個花環成品中，最想在玄關裝飾哪一個？她一定選自己的作品。

「我第一次看到學生只用兩種樹木當材料。」

林也附和。

「是嗎？」

「是呀，鐵線蕨選得好。大多數人會想加點乾燥花，不過有泉太太的花環這樣一看，就非常有氣質。」

「哇啊，三三掛保證耶。」

貴子的語調十分欣喜。

「太過獎了……是因為這個點綴得好。」

圓佳害羞地說，指著林推薦的鍍銀貝殼。

「妳選了灰色緞帶也選對了呢。感覺很適合裝飾在歐洲那種石砌房子，簡潔又美觀。」

手塚也讚道。

「能再讓我拍幾張照片嗎？」

林開口問，圓佳當然說好。只有圓佳的花環多拍了幾張照片，貴子、千夏、優希見狀，也紛紛拿起手機，快門聲四起。

拍攝完畢，她們將桌上的材料用報紙包起來，簡單收拾。林拿了一張淡紫色桌巾，鋪在桌上，氛圍頓時搖身一變，方才枝葉四散的工作桌，彷彿成了酒店的下午茶館。

「同學還有時間的話，請來喝杯茶吧。」

圓佳聽林這麼一說，直率地感到高興。

專注在手工藝上，感覺很舒服。心境變得舒暢，久違地溢滿喜悅。動手做事的期間，她可以忘記小翼降級的事實。茶包放進紙杯，注入熱水，就是一場簡單的小茶會。桌面沒有擺上精緻茶具或手工蛋糕，而是擺上市售餅乾或仙貝，圓佳反而更有好感。

六個家庭主婦，先是互相稱讚彼此的花環，聊著林開辦教室的經過、一整年來做了哪些花環。千夏提到聖誕節也想做花環，話題忽然轉到私中考試。

「不好意思，今年小女兒要考試，所以我不開聖誕節花環教室了。」

起因是林的這句話。

「咦？小孩考試，妳也要跟著公休？」

圓佳反射性追問。

「是呀，不設個時間中斷，後面會忙不完。去年丸橋百貨委託我們教室製作聖誕花環，忙翻天，家裡亂得不得了。所以決定今年冬天不接大工作，從秋天開始，也會慢慢減少開辦教室的次數。」

「家裡有考生，果然會很忙呢……」

「就是說呀……不過等到忙到一個段落，我想推出使用春季花材的花環，到時候會在ＩＧ公布。」

「哇啊，我好期待，到時候大家再一起來參加吧？」

「請告訴我ＩＧ的帳號。」

「我也想看！」

眾人一陣熱絡，私中考試的話題眼看就要溜走——

「考生的父母都會在冬天的時候減少工作嗎？」

圓佳把話題拉回來。

「見仁見智，也不是每個人都這麼做。」

林這麼說，圓佳也有同感。但是林曾帶長女考上四天王，圓佳想聽聽看六年級生的家長怎麼面對，也想知道該怎麼協助考生。於是——

「可是林太太這麼早就開始準備孩子的考試，很偉大呢。」

圓佳直接把話題帶到林身上。

「沒這回事。只是我的工作是獨立作業，才能想休息就休息……」

「我很難想像六年級生的家長怎麼面對考試，是不是很多家長從秋天開始就停工了？」
「妳也太好奇了。」
千夏在旁邊調侃圓佳。
「啊，不好意思。」
自己問太多了？圓佳急忙道歉，但是林悠然回以笑容。
「我想想，我家姊姊考私中的時候，我停工了一整年呢。」
她回答道。
「一整年！」
圓佳不禁提高音量。
「是呀，雖然那次是我家第一次有孩子考私立中學，有點太緊張，但我家姊姊不太主動念書，我得一直在旁邊教她。」
「這樣啊……」
她口中的「一直陪在旁邊教」，是教了什麼科目？怎麼教？範圍大概在哪裡？可以的話，圓佳想知道四年級生讀「H」應該在哪個級別，全國統一學力測驗又排在哪些順位？她甚至希望對方直接分享當年所有的學習歷程，但她不可能問得這麼詳細。
不過——

「我家孩子最近也進了補習班，但他完全不念書。到底該怎麼辦呀？」
千夏隨即湊起熱鬧，把話題帶到自己身上。
「之前補習班的算術小考，他居然考了個零分，零分喔！妳們能想像嗎？我都快昏倒了。」
「他願意去補習就很了不起了。我家那孩子沒有朋友一起玩，結果整天給我搞這個。」
優希接著說，做出玩遊戲手把的動作。
千夏和優希一搭一唱，聯手抱怨家裡的笨兒子之後，圓佳好不容易又有說話機會。
「佳佳家的兒子，和三三家的妹妹一樣讀『H』，對不對？」
貴子幫忙帶了話題。
「啊，對，沒錯。」
圓佳答道，看向了林。林點了點頭，沒有特別訝異，也許貴子早就和她提過。
圓佳見機不可失——
「我也希望兒子能向林太太家的千金看齊。之前他第一次降級，沒辦法再讓加藤老師教，沮喪得不得了呢。」
她試探地說道。
「四年級就能上到加藤老師的課，很優秀呢。」

圓佳聽林這麼說，內心很滿意，這位太太果然很明白狀況。加藤的主要工作是教導六年級考生，四年級生要上到他的課，只有最高階的「S1」。四年級生光是能喊加藤一聲「老師」，就代表他們是天選之人。圓佳每次聽小翼說起「加藤老師」，內心就是欣喜又驕傲。

「不不不，我兒子沒這麼好。他之前成績還算不錯，之後就不知道了，也許會雪崩似地往下掉。林太太家的女兒一定沒有降過級，對不對？」

「怎麼可能沒有？一定降過呀。」

林大笑道。

「咦？是嗎？那請問妳們是怎麼撐過降級？」

「也說不上撐不撐……只能等到下一次再加油。」

「也是啦……」

「妳想太多了。」

林微笑道：

「令郎才四年級，還不用顧慮級別呀。是不是，手塚？」

手塚聽見林提到自己，跟著用力點頭。

「手塚太太，難不成您家孩子也讀『H』？」

圓佳問道。

「我家的孩子只有最後關頭去了一下子。」

手塚答得很小聲。

「『一下子』？」

「他是六年級上到一半才進補習班。」

「咦？好厲害。所以他和林太太家的千金讀同一所學校？」

圓佳話一出口就後悔了。因為手塚明顯開始保持戒心。

「手塚家的孩子是男生。」

林笑著解釋。

「啊，原來是男生……」

也就是說，林結識手塚，並不是女兒考上柊美女子學院之後，而是兩人的孩子都上小學的時候。六年級念到一半才開始讀「H」，那她兒子之前又是怎麼準備考試？更何況，「H」的入班測驗以困難著稱，真虧她兒子能在小六的最後關頭考進去。無數疑問湧上圓佳心頭。

「手塚太太家的小朋友最後考上哪間學校呀？」

此時，千夏忽然直截了當詢問手塚。圓佳大吃一驚，也暗自感謝千夏提問，豎起耳朵等待答案。

不過，手塚輕眨了眼——

「我兒子考的男校比較遠一點……」

她語帶保留地說，沒有明說校名。

千夏聞言，驚覺自己問了不該問的問題，闔上了嘴。難熬的沉默維持了幾秒鐘。

「話說回來，酒井太太之前不是在煩惱換補習班？結果怎麼樣？」

林改變了話題。

原來她在煩惱換補習班？圓佳望向貴子。兩人最近沒時間坐下來聊天，她不知道貴子有這煩惱。

「哎呀，我家兒子還泡在大日溫泉裡，拖拖拉拉的。啊，樹樹五月也要進大日，對不對？」

貴子說道。樹樹，就是指千夏的兒子理樹。小翼曾經告訴圓佳，理樹和翔太一起在大日講堂上課。貴子稱大日講堂為「溫泉」，代表她可能讀過「那個」部落格。

部落格名叫**「大日溫泉悠哉私中入學考日誌♪歡樂泡♨，不小心考上學校了♪」**，非常受歡迎。該部落格紅遍半邊天，眾所皆知，以至於網路上的私中考試討論區上一提到「溫泉」，人人都知道是指大日講堂。

圓佳其實讀過部落格裡的所有文章。作者孩子的經歷很戲劇化，令人欲罷不能。作者兒子報考的所有學校統統落榜，甚至報考三次第一志願，也落榜了三次。本來下定決心在公立中學好好用功，沒想到最後收到通知，發現自己候補上了第一志願。

在落榜連連的難熬期間，母親「溫媽媽」總是用許多逗趣又中肯的話語，鼓勵兒子「泉太郎」。涉獵領域極廣，從流行歌曲的歌詞、落語的一段小故事，甚至是遊戲名詞。許多鼓勵話語連帶打動讀者的心，難怪會在網路上爆紅。大日講堂的班主任「溫老師」很關心作者母子，他的用詞、表情、思想，在在引人落淚。多虧這個部落格，儘管大日講堂的辦學成績普通，眾人卻認為大日是一間優良補習班。圓佳其實很熱愛這個部落格，今天早上來參加手工藝教室之前，她才剛讀過泉太郎中學生活的新文章。

「現在的四年級生感覺很積極面對考試。」

也許是圓佳四人的態度，讓林有感而發，手塚也點頭同意。

「或許吧。『H』或『溫泉』的學生很多，但也有不少學生選擇去『SJ』或是小型補習班。」

貴子說道。

「感覺大家都好積極，不會只剩下我兒子沒去補習班吧？」

優希半開玩笑地聳聳肩。

「我兒子也才剛開始，只是去上課的話誰都能去。妳也送小颯去上課就好啦。」

千夏勸道，圓佳也附和：

「是呀，小颯做事很專心，開始認真用功，成績說不定會一口氣往上升，搞不好最後就考上好學校了呢。」

她說著，腦中憶起颯太郎小一的模樣。瘦小身影獨自在沙坑裡慢慢堆沙，蓋沙堡，蓋到天色昏暗。優希輕笑一聲：「怎麼可能……」

「我兒子說是讀補習班，其實只是上補習課程，還不知道要不要讓他上考生班。只是我家爸爸老是碎碎念，說兒子高中推薦甄試成績會很悽慘，最好趁早送他去念書。他甚至斷言兒子未來鐵定會重考高中。」

圓佳想起，有人曾經提過類似的話題。

林不知道記不記得楠田太太……正當圓佳猶豫不決，不知道該不該開口——

「補習課程一個月多少錢？」

隔壁的優希問了千夏。

「我記得差不多一萬圓。我兒子上的課程很省錢，不補自然科學跟社會。翔翔也是上『溫泉』，但是學費完全不一樣吧？補四科就要兩萬圓。」

「嗯，兩萬多一點。」

「一個月兩萬啊……果然很貴。真要送我兒子上補習班，就要停掉跳床教室了……」

「不過小颯現在還是很喜歡跳床教室，對吧？」

圓佳問道。

「哎呀，他只是在跳床上彈來彈去，根本搞不清楚自己在做什麼，說不上喜歡不喜歡啦。」

優希這話逗笑了大家。

現在回想，圓佳就是在那間跳床教室，認識千夏和優希。小翼升小學前的春假，市區體育館開辦跳床教室的春季課程，圓佳覺得有趣，便找貴子一起帶孩子參加。千夏和優希也來上同一期課程。千夏的孩子當時就讀「海鷗之園幼稚園」，優希則是送孩子去附近的公立幼兒園。貴子發揮絕佳的社交能力，她們越走越近，幾天課程過去，四人已經熟到能一起帶孩子包卡拉OK包廂。到了現在，只剩颯太郎繼續在市區的跳床教室運動。

「各位的孩子也都學了很多種才藝？」

林的問題一出，眾人開始聊起了各種兒童才藝話題。先是提到翔太和理樹加入同一支足球隊，接著你一言我一語：「大家的小孩都好忙碌」、「哎唷，我家孩子還沒辦法文武雙全啦」、「我家小孩才是，只是大外行啦」對話又是謙虛又是稱讚，聊到最後——

「說到真正文武雙全的小朋友，就屬小翼啦。」

貴子又把話題帶到圓佳身上。圓佳又是害臊又是困擾。她很習慣聽別人稱讚小翼，但不論貴子稱讚多少次，圓佳心底仍無數次感到尷尬與害羞。

「小翼又會念書，又是游泳選手喔。」

貴子向林和手塚解釋。

「對呀，他好厲害。」

「要怎麼養孩子，才能養得這麼多才多藝？」

千夏和優希的話語，如同滑過耳膜的軟羽，舒服卻帶著點困窘。這種時候，就只有一種回答方式。

「他文武兩邊都是半吊子，才不厲害呢，很讓我傷腦筋。」

圓佳苦笑反駁，眾人卻越稱讚越起勁，她跟著越來越多話。

「我兒子都送去『H』了，重心還放在游泳，根本沒時間念書。但他又沒能力當上奧運選手，變成功課、運動兩邊都不像樣，不知道會先放棄哪一邊。」

沒錯，小翼「就是」文武雙全。

儘管他在「H」的級別落到難關班，一年前，游泳俱樂部的成績終於升上預備選手A級班，還在繼續努力。圓佳也感到與有榮焉。四天王班的孩子的確學力優秀，卻不像小翼一樣同時顧好功課和體育。圓佳認為這個成績，代表小翼的潛能極為驚人。

「當選手一週要練習幾天呀？」

圓佳聽林問起，內心有些得意——

「他一週要練習五天。」

她答道。

「咦？太厲害了！」

林真的很吃驚。一邊在「H」上課，每週又上五天游泳課。準備過私中考試的家長絕對難以想像，到底該怎麼維持這樣的行程？

事實上，小翼升上四年級時，圓佳就告知教練，兒子要準備私中考試，之後游泳練習改成每週三天。小考當週休息，練習前後原本會在訓練室進行重訓或拉筋，不得不改在家裡進行，而且圓佳還將社會科的知識整理成音檔，讓小翼一邊聽，一邊完成訓練菜單。預備選手A級盯得還不緊，升上正式選手班就無法這樣一心兩用了。

話雖如此，教練其實提過，小翼可以過了小五以後再減少練習天數。聽說也有學生升上六年級之前都保持整週練習，參加青少年奧運賽，同時也考上明星私中。然而聽了細節才發現，那些孩子不是去大日溫泉，就是上其他小型補習班，備考過程輕鬆，和「H」以四天王為目標的層級完全不一樣。至少圓佳認為，他們稱不上全力以赴。而小翼的鋼琴課從幼兒期學到小學，也在三年級的暑假前停掉了。

「反而是我想請教妳了。他游泳游得這麼賣力，要怎麼同時應付『H』的課業？」

林說道，顯然對圓佳另眼相待。圓佳暗自竊喜，自己竟然能讓備考過私中考試的媽媽前輩大吃一驚。

「小翼原本就很聰明啦，個性又很善良。」

貴子說得得意，彷彿是自己的孩子被稱讚。

「別說了，我兒子才沒有這麼好呢。就說他沒辦法文武兼備，才會搞到降級啦！」

圓佳露出困擾神情，聲音卻宛如撒嬌的少女，高亢地迴盪在花環教室裡。

四人各自提著裝有手工花環的紙袋，放進腳踏車車籃。車籃內窸窣作響，腳踏車穿越住宅區，來到大路上。

她們從林家離開，走到半路，貴子忽然提議四個人一起去喝茶。圓佳等人還沒聊夠，便決定來到老地方「Angels」，占據了窗邊的包廂席，她們點了飲料吧。溫和的午後陽光，從百葉窗落入席位。

四人一坐定位，率先成為話題的不是花環教室的感想，而是林長女的隱私。

「三三家的千金進了柊美的美術社喔。」

貴子認為好事應該傳千里，馬上說溜嘴。

「哇啊，她真優秀。」

千夏馬上給了回應，但優希還摸不著頭緒。她大概不太熟悉柊美女子學院。

圓佳以前也和她一個樣，一方面也是自己出身鄉下，直到小翼讀「H」之前，別說是柊美女子學院，東京都內有哪些難考的名校、明星學校，她一無所知。現在倒是瞭若指掌。

「可是手塚太太更厲害。她兒子上的是『赤學』啊。」

貴子又說。

「咦？」

圓佳悄聲驚呼。

「好強喔！」

赤坂學園，簡稱「赤學」。連優希都聽過「赤學」的名號，也許是因為最近有個年輕藝人在猜謎節目打出名號，他把赤學背景當賣點。赤坂學園是私立男子完全中學，入學考難度僅次於星波學苑，制服是難得的灰色立領制服，網路上甚至有傳聞：穿著赤學制服出門，必受女高中生青睞。

「四小流傳了手塚太太的負面消息，所以她才不願意說校名。」

貴子解釋。

「負面消息是指？」

「我是之前聽三三提過，手塚太太之前一直住在國外，兒子升小五的時候才回日本。然後他一開始進了『SJ』。」

「SJ」是一間補習班的簡稱，全名是「喬納森競技城」。補習班採古代私塾形式，是坐地板讀書，學費又便宜，大部分孩子頂多把「SJ」當作學校的課後輔導。

「不過她兒子成績越來越好，在『SJ』已經學不到東西，才中途改去讀『H』，他盡力向上拚，結果就是考到赤學。」

「真用功……」

「也有學生這麼拚呢。」

千夏和優希眼帶興奮。

「有些孩子早早進了『H』，卻考不上赤學。手塚太太的兒子厲害歸厲害，那些孩子的家長看在眼裡，就很不是滋味。聽說手塚太太的兒子在應考期搞壞身體，向學校請假好一陣子。有些同學也因此不太高興。有人愛說三道四，開始傳說手塚太太的兒子都蹺掉學校的值日生，愛偷懶又問題多多。四中甚至謠傳，從四小考上赤學的某學生，其實是問題兒童。」

「真的假的？太蠢了吧？」

千夏傻眼地笑道，圓佳和優希也無奈苦笑。

「無論傳聞在四中傳得多沸沸揚揚，手塚太太的兒子已經在赤學待得很快樂，跟他們毫無瓜葛。放謠言的人都不覺得空虛嗎？」

圓佳聽了千夏的話，點頭如搗蒜。就算實際上不痛不癢，手塚還是顧忌謠言，不敢坦承兒子的校名。圓佳默默思考著。孩子考進赤坂學園，相對也招來他人嫉妒。那萬一自己的孩子考上更困難的星波學苑，周遭的眾人不知會多麼羨慕、嫉妒？

「放謠言的人，說不定是孩子們。」

優希平靜地說。

「不是喔，這謠言好像是在家長間傳開的。」

雖然貴子反駁，優希卻略顯遲疑地說：「可是……」

「家長應該不太清楚校內值日生的狀況？我比較相信是小孩平時就對父母說三道四，說那個同學是問題大王、值日生都偷懶等等。只要父母信以為真，他們就算考輸對方，父母也不會要孩子『跟手塚同學多學學』。反而會叮嚀孩子，要他們成績變好，也不可以學對方偷懶。」

「可能吧。總覺得是父母先給壓力，才逼得孩子亂說話，孩子真可憐。」

貴子此話一出──

「私中考試感覺會扭曲孩子的性格呢。」

千夏也皺緊眉頭。

「三三家的妹妹在小學也待得不太開心。畢竟她姊姊考上柊美的事很有名嘛，但妹妹在『H』的成績沒有那麼好。我家是讀其他補習班，不太清楚狀況，但『H』不是分了很多班級？聽說每次分完班，同學之間就會互相探問對方的班別。」

貴子說著，瞥了圓佳一眼。

「『H』的確分了很多班……」

圓佳語帶保留──

「好可怕！」

千夏的反應卻十分誇張。

「三三覺得妹妹只要去適合自己的學校，不需要跟著姊姊考柊美。但是和妹妹一起上補習班的朋友卻問說，妹妹繼續保持這個班別，不怕考不上柊美嗎？」

「哇，好煩。那個朋友管太多了吧。」

千夏皺起臉。圓佳一想到同一間補習班裡有這種愛多嘴的孩子，就覺得很討厭。

幸虧小翼比較少同學就讀「H」。聽說每年流行的補習班風格似乎不一樣，小翼的學年裡有很多同學都去了大日講堂。就圓佳所知，「H」裡的四小學生扣除小翼，還有三個人，但是母子倆和那些學生、學生的家長都沒有接觸，小翼降級的時候，應該不需要介意小學朋友的目光。

「對了，聽說『H』會把長期留在最高階班的學生稱為『SO』，這是真的嗎？」

千夏忽然問了圓佳。

「咦……有這回事？」

圓佳緩緩眨了眨眼，神情看來一無所知。

「我兒子告訴我的。他說小翼說自己就是『SO』。」

千夏說道。

「呃……我兒子是這樣說的？我不知道，可能是別人道聽塗說。而且他已經降級了，也不會是『SO』。」

圓佳莫名慌忙，語氣像在掩飾什麼。

「圓佳今天一直提到『降級』，妳太執著等級了吧。在『H』讀書真辛苦。」

千夏笑道。

「小翼很努力了。他要練習游泳，又要上『H』的課，這樣已經很厲害了。」

貴子安慰道，優希也默默點了幾次頭。

「不，沒這回事……」

圓佳答得心不在焉。

得知小翼在其他小朋友面前提到「ＳＯ」，她內心嚇了一跳。她明明叮嚀過兒子，別和朋友聊補習班的事，聊了他們也聽不懂。小翼究竟是在什麼情境下提到「ＳＯ」？

「說到游泳，聽說二班的真野桃實很厲害呢。」

千夏轉了個話題。

「啊，有人告訴過我了。」

「畢竟她都參加全國大賽了嘛。」

優希和貴子接連說道。

桃實在今年春天參加全國游泳大賽，還得了獎。不但學校公開表揚，甚至刊在學年公告、政府刊物上。

「她和小翼上同一間游泳俱樂部，對不對？」

優希問道，圓佳莫名開朗地回答：「對呀！」

「桃實是女孩子，卻比我家小孩還高大，而且她參加九歲以下的參賽項目那時候，正好是生日的前一天。」

她說到這，忽然回神。自己的說法，簡直在說對方是多虧生日未到不用往上升級，才贏得好成績。

「但也不只這樣，她真的很有才華，練習又努力……」

圓佳補上一句，不過下一個接話者硬生生蓋掉這句藉口。
「我一時衝動，就叫樹樹要跟桃實當好朋友。」
千夏說道。
「妳已經想找媳婦啦？」
貴子調侃道。
「哪有？人家才不會當一回事。」
「樹樹是小帥哥，總有機會吧？」
「而且人家未來可能會參加奧運。到時候大家不是會聚在小學體育館，一起幫她加油？先打好關係，他到時候受訪才可以大聲講：『我和桃實同學從小學就是朋友了』。」
「結果是打這個主意啊。」
「計畫太遠大了。」
「我想在加油會場裡，當個來加油的『鄰居歐巴桑』嘛。」
「我也想當！」
三人聊得起勁，已經對「SO」失去興趣，圓佳暗暗鬆了口氣。但下一秒，內心又好生羨慕，周遭人見到一個孩子在體育方面努力表現，竟然願意直率地給予鼓勵。
圓佳方才提到降級，眾人紛紛苦笑，嘴裡說的不是「想太多」，就是「太執著」，「是父母先給壓力，孩子真可憐」、「私中考試感覺會扭曲孩子的性格」，千夏和貴子對於私中考試的態度很負面，提到桃實的游泳全國大賽時，卻眼神純真，一心為女孩加油。

但桃實的母親又是如何？去年桃實只差一點點秒數，就能跨過全國大賽的參賽門檻，她母親沮喪得不得了。游泳俱樂部沒課的時候，母親會帶女兒去公立游泳池鍛鍊泳技，也幫女兒設計陸上訓練菜單。她不是要挑戰全國比賽，才突然加強訓練，而是從低年級就維持高強度訓練。讓年幼的桃實喝蛋白飲，不顧參觀室的目光，大聲為女兒加油。圓佳想起那位母親的態度。她對於女兒的游泳生涯，才真的算是想太多、太執著。

圓佳當然不會搬別人出來推託。她表面上坦率稱讚桃實，暗自思考千夏剛才提到的「SO」。

她其實很清楚「SO」是什麼意思，只是下意識假裝不知道。

不過她是在網路上的匿名討論區，一篇標題叫做**「☆☆☆大家一起全力支持在『H』用功念書的四年級生☆☆☆」**的討論底下，知道這個名詞。「SO」是指各分校的四天王一班裡，從未降級過的學生，菁英中的菁英。

以前圓佳曾問過小翼，有沒有聽過「SO」。小翼隨即回答：「知道呀，就是『MM搭檔』。」

「MM搭檔」是指常駐四天王一班的兩個學生，水野（Mizuno）和三津谷

（Mitsuya），兩人名字的羅馬拼音都是「M」開頭。以前小翼曾經興匆匆分享他們的事蹟，說兩人都是算術天才，任何難題都難不倒他們。聽說他們曾參加全國統一學力測驗的決賽。小翼一直很嚮往那場決賽，他欣喜地稱讚兩人「好厲害」，直率的目光耀眼極了。

——真希望小翼也像MM搭檔一樣，到考前都一直保持「S0」。

圓佳這話有一半在開玩笑，小翼卻一臉正經八百。

——我已經不算了啦。

他回答道。

——為什麼不算？

——因為我進補習班的時候只有「S3」，一開始就沒有資格當「S0」。

他的語氣像是已經認命，聽起來令人同情。

——哎呀，不會啦。小翼進補習班的時候，才剛要小二升小三，這樣不算。你之前完全沒有念書，一開始就能進「S3」，其實很厲害，而且媽媽原本是等你升四年級，才要送你去補習班。小翼可以當自己一直都待在「S1」，沒問題。

圓佳有些意氣用事，搬出一堆細節催眠小翼。

——咦？這樣算嗎？

——算呀！

——那我就是差一點的「S0」囉？

——怎麼會是差一點呢……你就是真正的「S0」。小翼一定可以維持「S0」到畢業。

——難說，還不一定啦。

小翼回答得冷靜，但是小臉蛋紅了起來。能聽見母親肯定，他臉上盡是藏不住的喜悅。

——班上除了MM搭檔，還有其他小朋友是「S0」嗎？

——有喔。像是岡野、相澤，還有兩個女孩子，也一直都在「S1」。

「一直都在」，這個說法逗笑了圓佳。

——你可不能輸給女孩子喔。

母親沒想太多就告訴兒子。言下之意，便是說男孩子的功課理當要比女孩子優秀。

圓佳一點也不嫉妒那些「S0」的孩子，反倒是聽他們的趣事聽得津津有味。岡野學識淵博，社會科老師很欣賞他，偶爾會稱他為「岡野老師」、「岡野大臣」或「岡野博士」。

小翼也轉述了相澤的經歷。他曾在全國統一學力測驗的社會科拿到第一名，又很擅長將棋，平時都在解將棋的詰棋題庫，解到上課前一秒。老師不時會稱他「相澤四段」、「相澤七段」，小翼當時邊回想邊笑說：「老師大概是隨便喊喊，每次稱呼的段位都不一樣。」

最高班別的那些小朋友，一個個都特立獨行又活潑，和圓佳腦中的「書呆子」形象相距甚遠。老師刻意突顯他們自己的特別之處，點出有人懂得多、有人成績好，使他們更有自信，更能展現自己的性格。

圓佳聆聽他們的故事，是越來越想送兒子去這些天才群聚的中學讀書。光聽就覺得快樂，非常快樂。這些才華出眾的兒童能夠刺激小翼，和小翼互相砥礪。兒子能在四天王一級班，和他們同在一間教室裡學習，圓佳感到無比驕傲，希望他可以永遠和這些天才兒童往來。

——水野和三津谷偏理科，岡野和相澤偏文科。小翼算哪一邊呢？

——我的話……不知道耶。

——小翼很擅長國語，應該算文科吧？

——真要說的話，勉強算文科，可是我實力還不及相澤，又老是輸給岡野。

兒子謙虛的模樣多麼惹人疼。自己的孩子拚命用功，希望成為「H」傲視天下的「SO」之一，希望這些頂尖菁英可以認同自己。圓佳又是喜悅又是自豪，伸手揉亂小翼的頭，小翼則是大笑著逃走。

圓佳把今天剛做好的花環，掛在公寓大門上，大門口馬上變得高雅大方。一串花環就能讓家門口煥然一新，她也算做得值得了。

她回家順道買了菜。她把食物放進冰箱，稍微整理廚房四周，時間便來到三點。距離小翼到家還有三十分鐘。

圓佳來到沙發坐下，打開手機。

她想看看「大日溫泉悠哉私中入學考日誌　♪歡樂泡♨，不小心考上學校了♪」有沒有更新文章。

正好兩個小時前，部落格上傳了新文章。

【緊急公告】溫媽媽部落格即將成書♪

圓佳一愣，點開標題，閱讀內文。

〈各位螢幕前的讀者，大家好，我是溫媽媽。

好，我們趕快進入正題。如題，今天我想先向大家報告一則大消息，真是萬萬沒想到這種天大的喜訊，會發生在溫媽媽身上。

這個部落格居然要成書了！

哇咿，各位掌聲鼓勵！

我之前就一直想公布這個消息，

但我以為自己在作夢，萬一只是一場夢，夢醒不就很丟臉？所以一直不敢告訴別人。

溫媽媽也從未預料到，自己身上會發生這般奇蹟。

當時收到康納瓦德出版社編輯的消息，溫媽媽嚇得驚聲尖叫，泉太郎、溫爸爸當時正在隔壁房間吃甜甜圈，叫聲嚇得他們東倒西歪。

溫媽媽大叫之餘，也不禁懷疑，這個電子信箱真的是來自那間大名鼎鼎的康納瓦德出版社？

還是說有人盜用出版社的電子信箱，大費周章來整人？又或是詐欺？

溫媽媽真的懷疑了很久。

但一切都是真的。

我和康納瓦德出版社的編輯，約在我家附近的「Angels」討論出書事宜，拿到名片，還試著打電話到名片上的電話，真的接到康納瓦德出版社的編輯部。（到底疑心病多重？）

而現在，溫媽媽想大聲告訴大家。

我能出書，全都是託大家的福。
也許有人會吐槽說：「『大家』是在說誰啊！」
我說的就是螢幕前的你。
因為有你閱讀這個部落格。
因為有你的點閱，溫媽媽才能實現夢想。
書籍將在下個月發售，發售日接近的時候會再發布通知！
還請各位敬請期待。

溫媽媽〉

「好棒喔！」
圓佳讀完文章，不禁喊出聲。
最近部落客出書越來越常見，但她這是第一次看一個每天必追的部落格，從沒沒無聞走到出書，而且還在第一時間就知道消息。圓佳感覺內心輕飄飄的，留了一則短短的留言：「恭喜妳！我真想趕快看到書！」

其實這個部落格對圓佳有一點特別，或者說，她是以一個假設為前提在追蹤部落格。

泉太郎的成績從備考之初到最後，始終都是低空飛過。「H」的入班測驗更落榜三次。在補習班的自修室找人聊天、走來走去，導致後來被禁止進入自修室。這名考生實在頑皮得不得了，在小學也時不時鬧出問題。最後部落格提到，孩子就讀的小學和隔壁區小學，未來將會一起升上附近的公立中學，然而那所小學卻是以班級秩序凌亂聞名，導致公立中學的校園環境也有點糟糕。

〈這麼說或許會被罵歧視，但是近朱者赤，近墨者黑，這是不變的道理。我家那孩子，我有自信他上了那所國中，會黑到發亮。〉

作者的價值觀非常眼熟。再加上——

〈這麼說其實滿過分的，但是，沒錯，我的確想讓兒子逃離那所中學。〉

「逃離」，這個字眼讓圓佳閃過一個念頭——這位部落客，該不會就是楠田太太？

她沒有確切證據，也不是在文章看到具體線索，然而每讀過一篇文章，心中便會浮現她接任家長會紀錄時，精明又堅決的模樣。而且把這位部落客當作是楠田太太，讀起來很有趣。

話雖如此，圓佳內心也是半信半疑。仔細閱讀文章細節……不，就算不看細節，一樣看得出溫媽媽和楠田太太是不同人。溫媽媽在簡介形容自己是「廚藝差勁、不擅打掃的家庭主婦」，楠田太太卻是在客服中心工作；泉太郎升六年級的時候，班導師是一位「美女」，楠田太太兒子的班導卻是男老師；部落格文章裡也沒有提到泉太郎有兄弟，甚至確定要出書時，作者還尖叫出聲，怎麼想她都不會是楠田太太。楠田太太自尊心強，感覺不會反應這麼大，頂多簡潔寫上一句「我要出書了」。

不過話又說回來——

她要出書了呀……

這時，家門口的門鈴響起。是小翼到家了。圓佳趕緊關上手機起身。

她一打開門——

「媽媽——大門上的這個是什麼？」

小翼背著書包，活力十足地問。

「哎呀，你發現了？這是媽媽做的花環。小翼，洗過手了嗎？」

「是喔，看起來……」

「看起來？」

「花環，看起來好酷喔。」

「咦？真的？」

圓佳覺得小翼的反應可愛得不得了。貴子之前說過，就算她把頭髮染成粉紅色，翔太大概也不會發現。但圓佳去過髮廊的那一天，小翼總會露出狐疑的表情。

也許翔太或其他男孩不會發現門上多了花環，千夏甚至認為丈夫也不會察覺。

仔細一瞧，小翼手上拿了一個跟牛奶盒接在一起的棒狀物。

「這是什麼呀？」

圓佳問道。

「伽利略望遠鏡。」

小翼回答。圓佳這才想起，今天早上他帶了一個晒乾的牛奶盒去學校，說是要做實驗。

「伽利略望遠鏡？」

她從小翼手中接過牛奶盒，並讓小翼去洗手。牛奶盒有點重量，裡面似乎裝了透鏡。

「這個要怎麼用？」

小翼洗完手，聽圓佳這麼問——

「要像這樣看。」

他把牛奶盒的單邊靠向眼前，然後遞給圓佳：「送給妳。」

「咦？這是你辛苦做出來的望遠鏡，可以給媽媽嗎？」

「可以。」

小翼對望遠鏡完全沒興趣，坐在餐桌前吃起點心。圓佳模仿小翼的動作，把牛奶盒的一邊靠在眼前，看向房間的遠處。牆上掛了月曆，月曆的數字看起來稍微變大了，不過有一點模糊。

「真神奇。這個望遠鏡裡頭是什麼構造呀？」

「就是，透鏡在裡面有一些作用吧？」

小翼抓起兩顆彈珠汽水糖，一次塞進嘴裡。他的鼻頭還掛著好幾滴汗水，可能是從學校跑步回家。

「一些什麼作用？」

「就是……有作用。」

「小翼，牛奶盒裡面裝的透鏡叫做什麼？透鏡應該有個名字，對不對？」

圓佳耐不住性子，直接開口問。印象中應該是凹透鏡和凸透鏡？圓佳回憶，自己很久以前在自然科學課上過一樣的內容。光的折射與透鏡在私中考試占比很重要，圓佳也有私心，希望兒子可以趁機對透鏡原理多一點興趣。說到底，升小四以後的社團活動，是圓佳建議小翼選擇科學實驗社。小翼不知為何說想打打看羽球，不過結果出爐，他還是按照母親的期待，選擇了科學實驗社。

「你知道伽利略望遠鏡為什麼叫做伽利略望遠鏡嗎？」

圓佳改了話題方向。

「不知道。」

小翼答道，他一點也不好奇這話題。

「那你知道伽利略是什麼人嗎？」

私中考試的範圍沒有世界史，但是備考專用的匿名討論版上，有一個暱稱為「星波家長」的網友提過，世界偉人會出現在日本歷史或地理相關的題目裡。

「伽利略就是第一個發現地球會繞著太陽轉的人，這個理論就叫做『地動說』……」

「喔……」

小翼隨口回道，咬碎幾顆汽水糖，又卡滋卡滋地嚼了三片芝麻餅乾。全部的點心都進了小肚子以後──

「我還可以休息多久？」

他問了圓佳。

圓佳本來還在繼續解釋伽利略的話題，頓時沉默，看了看時鐘──

「還剩十二分鐘。」

她回答兒子。

四點半是算術和漢字的小考時間。確定補習班降級後，圓佳和小翼討論，決定到下一次補習班考試之前，一週只練一天游泳。課後都不上課的日子，她聽從加藤的建議，制定了維持集中力的自習計畫，每念四十五分鐘書，就休息十五分鐘，一天循環五輪。

「好。」

小翼躺在沙發上，拿出在學校圖書室借來的書，快速翻看。圓佳想起兒子鼻頭上的小汗珠。他之所以跑步回家，是希望多留一點在家休息的時間。

「算了，你可以休息到五點。」

圓佳還來不及思考，話已經脫口而出。她太疼惜兒子，不自覺想讓他多休息。

「咦？可以嗎？好耶！」

兒子喜上眉梢。圓佳見到那個討喜又直率的笑容，不禁失笑。也是，一回來就叫兒子念書，他也會累。小翼其實很想看書。看書可以當成學習國語，而且他不是想出去玩、打電動，圓佳不想限制兒子這點小小的求知欲。

「可以，你慢慢看。」

圓佳真心誠意又說了一次，接著繞進廚房，決定自己也喝杯咖啡，休息一下。

她煮著熱水，趁空檔又拿出了手機。小翼到家前一刻，她正好要看東西，但現在想不起要看什麼。總之，圓佳從書籤打開了某個教育專用論壇網站。裡頭有一篇**「☆☆☆大家一起全力支持在『H』用功念書的四年級生☆☆☆」**，她會一一看過討論串的所有資訊。

今天圓佳做花環的時候，已經多了十幾則討論。網路暱稱「私中考試新手」發了一則貼文，**〈兒子這次測驗，算術偶然考出超高分數，從難關班升上四天王班了。兒子一時開心，說想要以星波學苑為目標，但我這個做父母的還有點摸不著頭緒。請問我該怎麼辦？〉**文字看似以求助為名的炫耀，又像以炫耀為名的求助。底下引來一些討論，像是暱稱「已畢業父母」、「星波中二生家長」，但他們的發文內容不知算是建議，還是威脅。

其中，討論區常客「東大爸比」的貼文，吸住了圓佳的目光。

〈四年級生的算術還稱不上真正的數學。隨著學年增長，會遇到越來越多困難題目，需要較強的應用能力和臨機應變。很多父母得意忘形，到處說自己的小孩四年級就升S1、要考四天王，反而逼孩子逼過頭。聽說很多孩子受不了父母壓力，只好作弊求成績。五年級開始才是真正的勝負關鍵，同班同學會開始慢慢更迭，到了六年級，成員就會煥然一新。唉，私中考試真是變化無常。〉

「這個人搞什麼，態度也太高高在上了吧。」

圓佳嘀咕道。

這名「東大爸比」的貼文總是很自以為是，滿滿的優越感。她讀完這篇留言，內心仍然煩躁。

「小翼。」

圓佳喊了小翼。

小翼仍躺在沙發上看書，頭也不抬地回應：「嗯？」

「我們還是從四十五分開始考算術小考。」

圓佳說。

「嗄啊，為什麼？」

小翼這才抬起頭，不滿地望著母親。

「沒有為什麼，媽媽覺得你還是要用功一點。今天的游泳課特地請假，就是要空出時間讓你多念書……」

「齁唷，妳剛剛明明說可以五點再開始的。」

他彷彿被人強逼工作，不滿地抗議。

「我是說了，但你不覺得這樣很浪費時間？」

「妳明明就說從五點再開始就好。」

「四十五分開始考，就可以先考完一次數學小考呀？」

「可是妳剛剛說……」

「小翼，你想繼續待在難關班嗎？你之前不是說難關班的課太簡單，老師也好無聊？小翼也不希望下次測驗之後，還是回不去S1，對不對？」

圓佳搬出這句，小翼才勉強闔上嘴。

他啪的一聲，蓋上書本，放在桌上，直接離開客廳，應該是打算回自己的房間放鬆。休息時間還剩二十分鐘，他大概這段時間都不想接近圓佳。但是原本規定的自修時間是四點半，圓佳已經多給兒子十五分鐘休息，他何必這麼生氣？說到底，成績是小翼的，又不是圓佳需要念書，他為什麼這麼沒幹勁？圓佳現在覺得多給他休息十五分鐘，簡直浪費。不能增加時間自修，那特地請假不去游泳練習，根本沒意義。

那孩子太沒自知之明了。

圓佳很焦慮。

小翼降級的敗因在於算術。很多人說算術是私中考試的勝敗關鍵。小翼的算術比國語弱很多。他以前的算術偏差值勉強超過六十，但這次的算術落到了五十九點九。只差了零點一，但是掉出六十大關，仍重重打擊了圓佳。是小翼太沒有危機感？再加上這次自然科學測驗，題目重點都放在小翼不擅長的物理部分，偏差值大退步到五十二點四。只有社會勉強維持在六十四點二，在S1算是勉強及格。最擅長的國語因為申論題大漏分，成績不太亮眼，只有六十一點五。算一算整體成績，是進補習班以來最差的一次。

小翼至今只要碰到出題範圍不定的實力測驗，就拿不到好分數，只能靠固定範圍的定期小考提高偏差值，勉強留在S1。或許小翼和S1常客的MM搭檔、岡野博士或相澤七段相比，解題能力、思考能力真的有一段差距，連小翼也形容自己是成績較差的「S0」。

難道這就是天賦差異……

一股寒顫爬過背脊。

圓佳至今仍難忘發布新班別時的打擊。

有泉翼同學的新班級為「難關二班」。

圓佳見到手機上的分班結果，頓時一陣暈眩，一點也不誇張。「難關班」……圓佳是第一次在分班頁面看見這個詞彙。小翼直接跳過四級「四天王班」，一口氣掉到更下階的「難關班」。

加藤擔心小翼，打電話來關心。

——小翼很有潛力，他一定能再升回「四天王班」。

圓佳聽見他這句話，登時潸然淚下。

——老師，請您千萬別放棄小翼。

圓佳的語氣之悲痛，像是在海上落難，只能緊緊攀著浮木。

——他也是我心愛的學生，我不會輕易放棄他的。

加藤語氣輕柔，極為和藹。

——他這次測驗的錯誤大多是粗心大意，他也知道自己沒有發揮實力……

——沒事，每個學生都會經歷這類挫折，才能漸漸成長。

每個學生……「MM搭檔」或其他「SO」的學生也曾遭遇類似挫折嗎？圓佳勉強壓下內心的質問。

——至於您提到想讓令郎在家自修……

加藤給了幾個建議，其中一個是一次念書時間控制在四十分鐘，頻繁安排休息時間，以免無法維持專注力。圓佳貪多，把限制改成四十五分鐘，讓小翼照做。還有算術難易度C級為止的題型都可以完美答對，那就挑戰D級，E級暫且放棄；自然科學和社會要確實把握上課範圍，紮實溫習複習考內容；國語就等小翼想念的時候再念，用來轉換心情。加藤交代完今後的學習方針，正要掛斷電話。

——那孩子在家真的很用功。他說很想繼續給加藤老師教，連最不喜歡的算術，都讀得很努力。

圓佳對加藤說道。眼淚再次盈滿眼眶。

她希望加藤知道，小翼離開加藤的班級，實在難過極了。

——明白，明白。小翼現在也很努力。

——我兒子真的沒問題嗎……

一線淚水，滑過臉頰。

——他會跨越這次難關，變得越來越有實力。我會等待小翼重新升上來。

——萬一那孩子再也沒辦法上老師您的課……我該如何是好？

——沒問題的。難關班前段班的導師很資深，授課技巧也很獲好評。

——可是他和加藤老師不一樣啊。

圓佳聽見自己講出這句話，語氣藏著一絲諂媚。

——我也會多找機會和小翼聊聊。

加藤說道。

聽小翼說起加藤在S1的課，「課程很有趣，但是有時候很可怕」、「生氣的時候偶爾會踹門」，不過現在，電話另一頭的加藤並未顯露一分不耐。他的低語聲如同軟布廝磨，不停地重複「不要緊」、「他很努力」。柔和嗓音撫過耳朵，聊著聊著，暖流逐漸包圍、融化圓佳的心。

——老師，謝謝您，我兒子就拜託您了。

她掛斷電話，勉強在煮晚餐前恢復冷靜。

然而冷靜維持不過數小時，當晚睡前，憂慮又如塵埃飄落，再次襲向圓佳。

幸虧圓佳最近較少和真治通視訊電話。去年真治升為分公司副總經理。兩人以前同在一間公司工作，如今真治的世界卻距離圓佳太過遙遠。公司正在進行大企劃案，再加上升職，真治最近常常深夜不歸。圓佳擔心真治忙壞身體，卻又慶幸真治沒太多機會和小翼說話。

圓佳沒有告知真治，兒子降了許多級。其實上網連到補習班網站的「會員頁面」，就可以確認成績，但聽說中國的網路環境和日本不一樣，有些網站連不上去，之前外派人員也沒有確實轉達真治上網的方法，算是不幸中的大幸。

真治時不時就想和小翼聊天。他有時提早打電話來，會想盯盯小翼的功課，問小翼「H」的課上得怎麼樣？考試考得如何？圓佳站在一旁，旁聽丈夫和兒子的對話，內心總是焦躁不安。

她事前叮嚀過小翼，不要告訴爸爸自己降級了。「可以嗎？」小翼聽了稍微安心，問：「爸爸在好遠的地方努力工作，你也不想讓爸爸失望，對不對？下次測驗再升回去，就可以當作沒降過級了。」小翼聽圓佳說完，先是沉默幾秒，隨即抬起頭，回答：「嗯，媽媽說得對。」隨後又說：「我一定會好好努力，下次測驗再考回S1。」圓佳跟著附和：「對，我們一起努力考回去。」嗯，我要考回去。對，要考回去。嗯，考回去。你很不甘心，很想考回去，對不對？嗯，我要考回去。

真治外派中國，今年是第四年。前任外派人員待了五年，所以真治大概會再待一年。

他上個月在電話中突然問圓佳，能不能在夏天帶公公、婆婆來中國。圓佳暗自埋怨，真治上任那年已經全家老小一起去探望過了，還要再來一次？她以為那一次，就是最後一次和公婆探望丈夫。

圓佳順從地告訴真治夏季班時間，笑臉隱隱抽搐。丈夫的外派地點可不是隨便說去就能去。更何況她還有另一個擔憂，萬一小翼在夏季班的分班測驗又降級，她該怎麼解釋？

公公、婆婆都很迷信學歷，旅行中想必會經常聊到私中考試、補習班。他們知道孫子待在「H」的最高級班。圓佳現在深深後悔，當初小翼確實成績好，但自己不該和婆婆通電話時說溜嘴。兩位長輩肯定想多聊孫子考私中的事。真治也會問小翼在「H」的上課狀況。圓佳一想到這些，就憂鬱到極點。

時鐘顯示為四十五分。

「小翼。」

圓佳喊了喊。兒子還窩在房間裡。

說是房間，其實小翼的房間就在客廳旁，和客廳只隔了一扇西式拉門，聲音應該傳得進去。但小翼沒出房間。圓佳走上前，拉開拉門。

小翼趴在床上，發出陣陣鼻息。看來他是趴在床上鬧彆扭，直接睡著了。小嘴嘴角，口水隱隱反光，代表他不是裝睡。

兒子已經累了。

是不是該讓他繼續睡？圓佳腦中閃過念頭，又想起手機螢幕上的文字，〈**五年級開始才是真正的勝負關鍵**〉。

「小翼，念書時間到了。」

圓佳又喊了一聲，小翼身體顫了顫，模糊地嘟囔幾聲，清醒過來。他眨了眨眼，嗚嗚呻吟了聲，又縮成一團，把頭藏起來，不太想起床。他伸手擦擦口水。

送小翼進補習班時，圓佳和真治約好，必須確保睡眠時間充足，圓佳有遵守約定。小翼有時寫不完習題，她依然在十一點哄兒子睡覺，確保兒子天天都睡足八小時左右。但小翼好像還睡不夠，最近到了傍晚就疲倦想睡。

「要考算術小考了，快點起床。」

圓佳勸道。小翼也聽懂了，默默坐起身。圓佳拿起冰涼的溼毛巾，正想幫小翼擦臉。

「不要弄啦！」

小翼伸手推開毛巾，推的力道意外大，圓佳不由得一愣。小翼半閉著眼，從圓佳手中搶過毛巾，用力抹過自己的臉，接著用力拍了拍臉頰。他清楚得很，自己必須念書。

圓佳已經在客廳桌上準備好鉛筆、橡皮擦、計時器，以及「H」發給學生的「每日算術博士」，簡稱「每算」。小翼擦過臉，稍微醒神，終於完全睜開眼。「每算」的所有頁數都標示日期，一天十題，十分。

「預備，開始！」

圓佳按下計時器按鈕。小翼開始解題，他的頭髮睡亂了，翹得亂七八糟。圓佳在遠處一邊處理晚餐食材，一邊守候兒子小考。

「寫完了！」

計時器鈴還沒響，小翼就放下了筆。

「還有一分二十秒，你不用檢查答案？」

「我檢查過了。」

「是嗎？真快。」

上次是九分，上上一次是八分。算術小考的題目很簡單，小翼卻始終拿不到滿分。他今天能拿滿分嗎？圓佳從文件夾裡，拿出事先剪下的考題解答。計分是圓佳的任務。小翼在一旁緊張地望著。圈、圈、圈、圈……

「啊！」

圓佳驚呼。只錯了一題。這一題有點複雜，混了分數和小數點。「怎麼會！」小翼跟著驚叫，嘴裡唸著「奇怪耶」，一邊重算，這次就算對了。看來他在計算時看錯自己寫的數字，就直接算到尾。

「小翼，媽媽不是常常叮嚀你，計算的時候數字要寫標準，不然會算錯。加藤老師也說過呀？」

「好啦。」

小翼答得滿不在乎，還把「每算」習題扔到桌邊。圓佳見狀，登時一肚子火。

「你老是這麼粗心大意！為什麼你不能認真一點？小翼，你記不記得，之前考『統測』的時候，只差兩題就能進決賽。兩題，只要再對兩題就好！你都不覺得可惜嗎！」

「我知道啦。」

「你不知道！你就是不知道，才會這樣一錯再錯。」

「我就說我知道嘛……」

「你真的知道？那為什麼沒辦法考進決賽？你才不懂，就是不懂才進不了決賽。你已經忘記那時候有多後悔了，對不對？你明明說自己絕對不會再犯，結果只是在騙媽媽？你就只會講講。爸爸不是也說過，粗心寫錯，問題出在想法。小翼太小看考試了。入學考試就是會因為粗心寫錯落榜。你就是不懂多對一分有多重要，才會這麼隨便，所以才沒辦法繼續當『SO』！」

圓佳的最後一句，幾乎是哭喊出聲。

小翼默默咬緊嘴脣。

自己確實有點說過頭，但沒有說錯。小翼就是改不掉這種小失誤。之前真治說粗心問題出在想法，圓佳也認為丈夫說得對。小翼說什麼要回S1、帶媽媽去決賽，只會空口說大話，實際上卻不把念書當回事、沒幹勁，才會一直重複同樣的錯誤。

「今天要罰你做算術馬拉松。」

圓佳說。

「嗄——啊！」

小翼出聲抗議。

「你自己之前答應我，下次再粗心寫錯，就要來做算術馬拉松。」

圓佳是在溫媽媽的部落格上得知「算術馬拉松」，這本教材出了一大堆複雜的算術題目，彷彿在做數學苦行。泉太郎是在六年級的最後衝刺期做這本習題，小翼才四年級，倒也能應付。今天如果要做「算術馬拉松」，就要修改加藤設計的讀書計畫，大幅縮減休息時間。但圓佳是出自無奈，誰叫小翼老是粗心大意。

她重新更改讀書行程，減少晚餐、洗澡的時間，時間還是不夠。其實時間一直都不夠，要做的事太多了，她甚至認為入學考前，都不可能消化這些功課。她只是天天在固定時間叫停，然後把剩下的功課留到隔天。然而小翼卻老是打呵欠、討水喝。一下要去廁所、一下說頭痛、一下說腳癢……小翼老是不專心，她只能軟硬兼施，想辦法逼兒子回到桌前用功，這一點也不有趣。說得難聽點，這對母親也是苦行，而且看不見盡頭。

「這都是為你好。」

兒子老是叫累，圓佳只能一再搬出這句勸說：「每算」、「每漢」小考考完，開始寫基礎算術β和應用算術α、國語文筆記，接著是自然科學的公式題庫和文字題，洗澡，接著社會科。把社會科教材背熟，背到睡前為止。小翼做完這些功課之前，都不准離開桌前。

到了晚上，圓佳再次從手機書籤連上私中考試相關的資訊網站，打開「☆☆☆**大家一起全力支持在『H』用功念書的四年級生**☆☆☆」討論串。

討論串如標題，網友會出言鼓勵在「H」念書的四年級生和其家長，或提供各種建議，例如如何學習、選志願等等。討論串的主題很小眾，看的人少，寫的人自然更少，但不知為何，討論串總是反應熱烈。圓佳也是這個討論串的「常客」之一。

圓佳想看看有沒有新貼文，但現在沒有模擬考，相對安靜。標題說是「全力支持」，但經常出現自稱備考先進的家長，留言恐嚇其他網友，說考私中有多不容易。每當圓佳讀到這類辛辣留言，只能在腦內重播加藤的和善聲音，鎮定自己的心。說到她為何天天特地上討論串找罪受，是因為偶爾有些留言能令她感慨落淚，或是溫馨安慰其他家長。更何況，這裡也是圓佳能發揮的一席之地。

比方說上次分班測驗之後，討論串上出現這樣的貼文。

〈向日葵媽媽：誰能幫幫我？孩子這次測驗的結果太糟糕，我好擔心下次測驗，晚上都睡不著覺。老公要我不要跟著窮緊張，但我還是焦慮到受不了。距離孩子應考還有兩年半，我要怎麼活過這段時間？太難過了。〉

如圓佳所料，「H已畢業媽媽」、「四天王家長」，幾個眼熟的暱稱隨即跳出來，劈頭就是慣例的飆罵：〈當媽媽的怎麼能這麼草莓！〉、〈妳還是別讓小孩考私中，妳不適合。〉這時，就輪到圓佳登場了。

〈直到櫻花綻放時：向日葵媽媽的貼文和我簡直是相同心境，就像我自己寫出來似的。理智知道為了分班空焦慮無濟於事，但孩子上次掉出S1讓我大受打擊，我幾乎天天失眠。雖然我找了老師商量，麻煩他幫孩子訂立讀書計畫，以應付下次測驗，內心還是很焦慮。我現在只希望鎮定陪伴兒子度過。不論現在有多苦，讓我們一起努力撐過去吧。〉

發出回文，過不到三十分鐘，向日葵媽媽又發了一大篇回覆。

〈直到櫻花綻放時大大，我讀了您的貼文，差點又要哭出來。我現在必須吞安眠藥才能入睡。見到各位前輩媽媽嚴厲指教，我不禁責怪自己，是不是我這個做媽媽的太懦弱，才害得孩子無法發揮實力。正當我沮喪到極點，直到櫻花綻放時大大卻非常同理我的處境，我才終於有辦法振作。您說自己找老師商量、幫忙訂立讀書計畫，我看了很感動。果然，您的孩子能進S1就是不一樣，連媽媽都很能幹。原來老師願意特地為S1的學生訂立讀書計畫。真令我羨慕，老師很看好您的孩子呢。

我女兒只是N級的前段班，老師不一定會如您孩子的老師一樣看重我女兒，但我決定先打電話和「H」的老師商量，就從這裡開始努力。直到櫻花綻放時大大，我很感謝您寫了和善的回覆給我，謝謝您。〉

圓佳讀了回覆，暖意頓時盈滿了心底。感覺自己的話確實成為他人的動力。自己才是因為孩子成績不佳，苦苦掙扎。不過，當她藉著「直到櫻花綻放時」的身分鼓勵「向日葵媽媽」，這份成就感令她暫時逃避降級的打擊。話雖如此，「暫時」的確只有短暫一刻，圓佳馬上回歸現實。小翼未來會變成什麼模樣？她不論做家事、看電視，憂慮從未離開，始終煎熬著她。

「☆☆☆**大家一起全力支持在『H』用功念書的四年級生**☆☆☆」裡沒有其他有趣的貼文，圓佳稍微滑動指尖，雙眼轉向「**探索　♪熱門部落格**」討論串。

想當然耳，網友的討論都聚焦在溫媽媽部落格出書。討論內容卻出乎圓佳意料。**〈有必要出書？〉〈沒必要吧？完全是出版社行銷失誤。〉〈對呀，不可能賣得好。〉〈看溫媽媽那麼興奮，是上了出版社的當吧？〉〈泉太郎是上哪間學校？〉〈應該是Z中或Q學院。〉〈作者不亮出校名，讀者會誤以為是虛構故事。〉〈大剌剌地把那句「逃離」出成書，公立學校的相關人士應該會發飆。〉〈橡皮擦事件也會收錄進書裡？〉〈也有傳聞說，泉太郎其實是讀P學園。〉……**

溫媽媽部落格以前廣受好評，自從她公然宣稱要讓孩子「逃離」公立學校，以及發表「橡皮擦事件」後，部落格突然多了不少抹黑、批評。

「橡皮擦事件」，是指泉太郎就讀大日講堂之前，曾在當地小補習班闖禍，部落格曾以回憶形式記錄了事件內容。文章描述泉太郎在考試之前，趁隔壁同學去廁所，偷偷用黏膠把同學的橡皮擦黏在桌子上。同學考試考到一半，發現橡皮擦沒辦法用，慌了手腳，急得哭出來。

該事件當時是以**「泉太郎道歉大實況！」**當標題，標榜真人真事，甚至還在家拍了一系列照片，重現黏住橡皮擦、拿不起來的景象。作者認為事件很搞笑，但文章顯然過頭了。可想而知，該篇文章的留言區當下就鬧成一團，網友留了大量抱怨，**〈被惡作劇的同學好可憐〉**、**〈這樣妨礙人家考試，補習班可以讓學生退班的。〉**、**〈看這篇文章的語氣，孩子、家長都沒在反省吧？〉**隔天，溫媽媽在部落格刊出照片，是她讓孩子低頭遮住臉，下跪道歉。點閱數很驚人，但這次又招來批評，網友同情被迫拍照的泉太郎，怒罵作者是「有毒父母」。事已至此，哪怕圓佳以前多喜愛這個部落格，都忍不住認為作者為了引人注目，不擇手段。作者的所作所為，不禁令她聯想到以前家長會盛傳的「著名怪人」，楠田太太。

真治傳電子郵件告訴圓佳，自己順利買到機票了。同一時間，婆婆也打電話來，確認圓佳是否收到電子郵件，順勢決定在莫名其妙的地點會合。他們約在通往機場的單軌列車月臺。幸虧是隔著電話，圓佳勉強能擠出笑意，畢竟自己在鏡中的倒影，始終板著臉。

儘管旅行只有四天，圓佳仍覺得很難熬。她是擔心自己和公婆在對話中露出馬腳？還是不想在兒子成績退步的狀況下去旅行？恐怕兩者兼具。她一想到去中國的日期就煩躁，差點遷怒在小翼身上。

圓佳從未坦白，自己其實不太喜歡公婆。假如今天他們毫無瓜葛，只是稍有往來，圓佳對公婆應該沒什麼印象。公公是眼科醫師，婆婆熱愛茶道，表面上看起來是一對優雅、善於社交的夫妻。然而當他們成為一家人，談過話後，圓佳不得不察覺公婆有些古怪。

印象中是慶祝小翼出生百日當天，婆婆當著圓佳父母的面，說出這樣一番話：

「我家長子誠治考了鄉下的醫學系，也被當地人招去當女婿。不過沒關係，反正那家人只生得出女兒。圓佳，我是把小翼當作有泉家的嫡長孫，請妳千萬要給小翼一流的教育。」

隨後，婆婆更對著還沒長牙的孫子說：「小翼長大以後想做什麼呀？想不想當醫生？願不願意繼承爺爺的醫院呀？」圓佳的父親面無表情，母親則是聽了話，表情一陣抽動。圓佳很清楚，自己的母親非常不喜歡婆婆這種態度。

圓佳母親畢竟是有執照的營養師，原本工作的木桶工廠倒閉後，順利轉到當地的團膳工廠，幾年後就當上副理，可見其能力優秀。她積極努力，在家也經常讀書，卻從未強迫圓佳考取偏差值高的學校。她節儉，更討厭熱愛華服、名牌的人。

「一流教育」，這個名詞顯然踩到圓佳母親的地雷。去年暑假回娘家時，母親看到小翼在做補習班作業，曾擔心圓佳太勉強小孩。

相較之下，婆婆卻積極關心孫子的教育。圓佳一直和婆婆保持距離，不論婆婆提到什麼，都含糊帶過。她之前不小心提到小翼的幼稚園以蒙特梭利教育聞名，有許多同學後來都選擇考試升學，結果下場極其麻煩。婆婆突然建議圓佳別送小翼去大學的附設小學，應該送他去私立小學，私立小學比較多學生考私中，可以從小學開始把男子完全中學當作未來志願。婆婆一個勁催眠圓佳，不斷宣揚私立小學教學優良。圓佳不太記得婆婆的說詞，但看得出婆婆很自豪，自己把兩個兒子送進私立男子完全中學。

話雖如此，真治並未考上第一志願。婆婆似乎認為這是傷心事，不太詳談。不過她堅信是第二志願的教學成果優異，真治才能考上好大學。之前那句「真治因為私中考試考砸了，才在考大學的時候扳回一城」，也是這時出自婆婆之口。

「這樣啊，真厲害呢。」

圓佳當時故意含糊帶過，然而到了現在，自己送孩子去「H」，日日夜夜盯成績，勞心勞力，一部分原因也歸咎於婆婆，是她在小翼幼兒時期大力催眠圓佳。婆婆也許曾為兒子的成績操心，圓佳雖然想聽聽過來人經驗，又怕對方做出什麼可怕發言，始終不敢開口。

幸好婆婆平時忙於社交，看媳婦說話態度敷衍，她不太會主動插手。不過到了中元節、過年，圓佳還是必須和公婆見個面。誠治夫妻倆都是醫生，他們以工作繁忙為由，不太回老家。就算回來，也會特地在東京都都心區訂飯店，只在公婆家裡待上幾個小時，極為冷淡。圓佳和公婆相處久了，赫然察覺不只婆婆古怪，公公的個性也十分詭異。

公公曾問小翼，將來想做什麼。

圓佳回想起公公和孫子的對話，仍會不住失笑，笑裡卻蒙著淡淡一層陰影。那對話十分滑稽、奇怪，又有點恐怖。

爺爺許久未見，突然來了個問題，小翼一時支支吾吾。接著，公公又說：「你想像誠治伯父一樣當醫生，還是想像真治一樣當上班族？」

「我兩邊都不想當。」

小翼說完，向圓佳拋了個眼神，徵求母親認同——

「我想當游泳選手。」

他接著回答。

「是嗎？」

公公點了點頭，之後不知閃過什麼想法，他提起真治的大哥誠治，說他小學的時候有多優秀。圓佳本以為這話題只是「表面」，之後總會聊回小翼身上，然而直到話題結束，公公都在聊自己的大兒子。不只小翼無所適從，圓佳在旁聽著，也不禁呆愣。

普通大人聽見小孩想當游泳選手，多少會給點反應。客套點的，會稱讚一句「好厲害」；稍微有點興趣的，會問問孩子平時做什麼訓練、擅長哪一種項目。

圓佳直盯著眼前的老男人。記得當時是小翼升上預備選手B級沒多久。他升進夢寐以求的預備選手班，開心得不得了，成績揭曉時，他甚至在泳池池畔做出勝利姿勢。但是，那次對話之後，他從未向爺爺提過任何游泳的事。孩子敏感地察覺到，爺爺並不把游泳當回事。

圓佳事後在網路上搜尋祖父經營的醫院院名，留言提到**〈醫生醫術很好〉**、**〈開的藥很恰當〉**，評價不錯，其中夾雜了一些負面評論，像是**〈對小孩很冷漠〉**、**〈多問一句就會擺臭臉〉**。圓佳看到一則留言寫說**〈被醫生無視〉**，莫名有說服力。

如今小翼成績退步，圓佳一想到必須陪公婆去中國，心裡便沉甸甸的。之前能陶醉地挑選花環裝飾，那段短暫時光真是太珍貴了。手裡觸摸綠葉、樹枝、光澤亮麗的貝殼，內心便沉靜下來。現在圓佳的大腦無時無刻都轉著「H」的能力分班；一摸手機，反射性滑到討論區看發文。「東大爸比」仍然精神奕奕，成天發文酸人。

小翼老樣子只出一張嘴，念書很不積極。仔細一瞧，他念國語念得津津有味，又常常讀社會的資料集讀到忘我，就是討厭算算術。討論區一眼看去，很多男生喜歡數學，國語成績爛。小翼正好相反，他擅長文科。但在私中考試的配分，擅長國語的孩子似乎比較吃虧。「H」的分級測驗裡，擅長數學的學生比較容易拿高分。不論學生多麼擅長國語，遇上簡答題就是很難拿滿分。所以小翼最需要把時間花在念算術。小翼顯然想逃避算術，圓佳逼不得已，只能逼他念。

她思考今天的讀書目標。居家自修總計五輪，一次五十分鐘。原本只預定做四輪，但是把十分鐘的休息時間減少到七分鐘，再縮減晚餐、洗澡的時間，勉強能擠出五輪的時間。總之就是要念算術，計算能力、思考能力，兩輪自然科學，一輪社會，再加上漢字測驗的重點整理。今日讀書行程必須從四點開始，現在已經過了三點，兒子還沒回家。

圓佳並未告訴丈夫兒子降級。她好幾次想坦白，不知為何說不出口。

為什麼自己無法說真話？是不希望丈夫失望？不想讓他傷心？不想看他擺臭臉？圓佳身為母親，即時得知結果，又沮喪、又傷心，更頂著張臭臉，丈夫卻沒能和自己共享這份痛苦。明明是自己沒有讓丈夫知道事實，自己一肩背起所有情緒，圓佳卻忍不住氣憤。真治身在陌生國度，不知道兒子降級到難關二班，還敢悠哉地找父母出國。

圓佳甩了甩頭，現在腦子只會負面思考。做家長總有這種時期。

指尖滑過手機，打開「**大日溫泉悠哉私中入學考日誌　♪歡樂泡♨，不小心考上學校了♪**」。

溫媽媽更新頻繁，部落格已經刊了新文章，標題是「**在家庭西餐廳和兒子吃午餐**」。圓佳見標題如此平凡無奇，不禁失望。她想讀更刺激一點的文章。

刺激一點的……

比方說，泉太郎之前在中學段考了滿江紅，那篇文章就很有趣。泉太郎成績太糟糕，老師便把溫媽媽叫去學校面談。該篇對話描寫逗趣，部落格上反應熱烈，針對溫媽媽的酸民網站也開始激烈筆戰，猜想泉太郎到底讀哪間學校。

圓佳比較想讀那類文章……

「哎呀，你要好好擦嘴呀。」

溫媽媽說完，抹了又抹。

用眼前的紙巾抹著泉太郎的嘴巴周圍。

但是，

奇怪了？抹不掉汙漬！

怎麼也抹不掉。

泉太郎又吃起食物，他真會吃。

溫媽媽仔細觀察他的臉。

「呃！」

她看著看著，忽然驚叫。

「是鬍子！你嘴巴邊的是鬍子呀！」

這位媽媽，妳怎麼到現在才發現！

泉太郎上了中學以後，一直忙得不得了。

媽媽已經很久沒機會和兒子面對面坐下來，好好看看兒子的臉。

「咦？鬍子……」

泉太郎一臉疑惑，那表情還是個小孩子，嘴邊卻冒了鬍鬚。

「鬍．子！」

溫媽媽忍不住湊上前，雙手捏住兒子的臉頰。

「不、不要捏啦！妳幹麼？」

泉太郎向後退，鬍子跟著往後退。

但泉太郎並沒有撥開媽媽的手。他神情困擾，卻沒有撥開。

啊，什麼啊，原來是因為他手裡還拿著刀叉。

這孩子曾經那樣嬌小，臉頰圓滾滾，頭靠在我的肩膀，甜甜地喊「媽媽」。我只要伸出手，他總是會回握著我。

幼小、嬌小的泉太郎。

原來你已經慢慢長大了。

螢幕變得模糊不清。

圓佳懷抱庸俗的渴望，讀著讀著，卻忍不住一陣感動。淚水化為薄膜，覆上了雙眸。

小孩子會漸漸成長，天經地義。溫媽媽這篇詼諧的文章，編織了喜悅與失落，引人落淚。怎麼辦？

圓佳忽然很想見小翼。小翼再過一陣子就要回家了。

方才還在焦慮讓孩子四點開始念書，如今情緒卻神奇地淡去。

小翼熟悉的滑溜臉龐，回握的小手，甜滋滋地喊「媽媽」的嫩嗓。小翼今年才十歲，這一切的一切，只屬於現在。圓佳忽地驚覺，他現在的模樣只占人生的短暫瞬間，珍貴難得。內心頓時升起另一種焦慮，焦急地想馬上疼愛小翼。晚餐該煮什麼？乾脆來煮那孩子最愛的雞肉丸。她想看看孩子開心的表情。不知名的某人曾說過，很多事物比念書更重要。只要小翼還是小翼，就算他不會算術，他也是最棒的孩子。

圓佳體內漸漸充滿甜蜜的情緒，真想趕快抱緊兒子。

然而她早已知道，這份情緒持續不了多久。

夏季班的分班測驗，舉行在七月初。

這次測驗的出題範圍很固定，總之就是讓孩子逐一複習所有考試重點。圓佳在測驗前向學校請了兩天假。「☆☆☆**大家一起全力支持在『H』用功念書的四年級生**☆☆☆」討論串上，把考前請假稱為「禁藥」，視為大忌，但圓佳催眠自己，這次是特例。理所當然的，這兩天從早到晚，圓佳都緊跟在兒子身旁看功課。她很艱難地遵守睡眠的承諾。算術，把所有考試範圍的題目解過三遍；漢字成績完美，成語也是；自然科學和社會已經把重點一字一句背好。

測驗當天，小翼考完的感覺是「不上不下」。自行對過答案，國文、自然、社會的分數都不差，唯獨算術分數比上次測驗更低分。圓佳大失所望，忍不住搬出兩、三個難聽字眼罵兒子。

然而幾天後，她看了手機上的成績通知，詫異地瞪大雙眼。

有泉翼同學的新班級為「四天王一班」。

「他辦到了！」

圓佳獨自在房間大叫。

隨後她看了成績單，又小聲地喊出聲：「不會吧！」

小翼拿到至今最高的名次。在超過六千名考生中，他的綜合排名居然是兩位數！

「咦？騙人！呃！」

偏差值也是進補習班以來，第一次超過星波的標準。

致勝原因在於自然和社會。複習的時間確實轉換成分數。母子對答案的時候，發現算術分數太低，圓佳不由得大聲斥責小翼。然而這次測驗的算術平均值非常低，似乎是題目比平時困難許多。小翼所言不假，測驗範圍雖然是固定的，卻出現許多第一次看到的題目。單論結果，小翼的名次、偏差值都遠比上次測驗優異，順利回到S1。

小翼，謝謝你！真是太感謝你了！

圓佳熱淚盈眶，難耐地等待小翼放學。她想趕快告訴小翼，你升級了。圓佳頓時開懷舒暢，想把好消息分享公婆、真治，甚至是見到的所有人。經常有人叮嚀圓佳，不需要跟著孩子的成績忽喜忽憂，她知道喜悅頂多維持一時半刻，但是「憂」的期間太過漫長，她想細細咀嚼這份喜悅。更何況，圓佳越為成績喜上眉梢，小翼也許會明白，自己成績越好，母親就越喜歡自己。

第一學期結業式的後天，夏季班開課了。

孩子重回S1。圓佳本來還提心吊膽，擔心小翼跟不上久違的最高階課程，但小翼上得很開心，似乎沒什麼問題。

課程第二天的午餐時間——

「S1的同學都想考星波。」

小翼提到了這個消息。

「咦！大家已經在考慮志願了？」

「是加藤老師在問。MM搭檔、岡野都說第一志願是星波。七段也是，好像是因為他哥哥也念星波。」

「七段就是那個相澤？」

「對。」

加藤這麼早就在徵詢S1同學的志願？圓佳大吃一驚。她記得相澤，就是很擅長將棋的那一位同學。他哥哥也念星波，難不成兄弟倆都是天才？不知道那對兄弟的父母是什麼樣的人？

圓佳起不了嫉妒，反而安心了。S1的孩子分屬不同領域的天才，她還期待那些孩子帶給小翼良性刺激，感激都來不及了，更別提嫉妒。

「老師也問了小翼？」

圓佳吸了口味噌湯，問道。

「嗯，算有吧。」

小翼挾了愛吃的鮪魚生魚片，沾沾醬油，回答的語氣像在模仿大人。

「所以，小翼回答哪一間學校？」

「這個……」小翼聽圓佳這麼問，害臊地垂下眼。兒子的表情可愛得不得了，圓佳戳了戳他的臉頰，說：「告訴媽媽嘛。」

「星波。」

他悄聲回答。圓佳登時心花怒放。

「哎呀，小翼想去星波！」

她驚呼。

「可是，先別告訴爸爸。」

小翼急忙要求。

「為什麼？」

「拜託嘛。」

兒子真是太可愛了。

「ＯＫ，你會害羞嘛。可是媽媽很贊成你考星波，是個好目標。而且星波的西裝制服，小翼穿起來一定很好看。」

「星波藍嘛，好好看。」

小翼說著，自己也忍不住笑了。星波的西裝制服很特別，顏色帶了幾分藍調，外面的人都稱之為「星波藍」。不過今年春天，圓佳帶小翼參加星波的園遊會，他看到星波學生的制服，沒有任何感想。「星波藍很帥氣」，這個想法恐怕是其他同學或老師灌輸給他。儘管只是轉述他人想法，圓佳聽了還是很欣慰。小翼就應該慢慢受同學的良性影響。圓佳深切感受到，為孩子創造環境有多重要，畢竟父母無法給予他這些認知。加藤不愧是資深教師，學生即將升上五年級，他已經悄悄推波助瀾，培養他們身為日本頂尖考生的自覺。

「可是畢竟星波是日本第一的學校，要進星波很辛苦喔。小翼辦得到嗎？」

圓佳試探地問。

「不知道。」

小翼的答案不太有自信。圓佳馬上就後悔。兒子說出自己的志願，自己只需要全力支持他就好，為什麼自己總是愛多嘴？

「但你想去星波，對不對？」

「唔嗯……」

「怎麼了？」

「只是星波有一個缺點……」

「缺點？」

「就是學校裡面沒有游泳池。」

小翼說。

圓佳早有預料，他果然很介意。星波學苑沒有游泳池，也沒有游泳社團。相對的，學校每年會在附近區營游泳池舉行幾次游泳課，並針對中學一年級生、高中一年級生，租借海邊宿舍，開辦一次數天的游泳教室。圓佳其實也很在意這點。

「說到游泳池，爸爸的母校比較好，游泳社好像也很厲害。」

小翼此話一出，圓佳稍微心急了。

「可是扣除游泳池，星波還是比爸爸的母校好，對不對？」

她小心翼翼地確認。

「而且星波有臨海，的確比較加分。」

小翼說。

「臨海？」

「臨海教室。相澤之前說過，所有學生都要穿兜襠布，在海裡游泳。」

說著，小翼笑得很開心。

「兜襠布！」

圓佳跟著笑道。相澤有一個星波在校生哥哥，還特地把游泳教室簡稱為「臨海」，聽起來就很迷人。

「選星波當志願的同學，都說星波唯一的缺點就是臨海。但我反而很想參加。聽說學校召集會游泳的同學，組成一支特別隊伍，一起游到近海。我絕對能進特別隊。」

「媽媽也覺得星波沒有同學比小翼更會游泳。一定進得去呀。」

「畢竟我是選手嘛。」

「那我們就以星波為目標，更加努力加油吧。」

喜悅化作光芒，緩緩裹住圓佳的心靈。

這一年內，圓佳帶著小翼四處參加名校園遊會，星波就是名校代表之一。但每去一所，圓佳都敗興而歸。

看看一些私中考試相關的雜誌、漫畫，許多小學生角色都興匆匆地逛著中學園遊會，開口閉口就是「想進這所學校」、「想參加這個社團」，然後就會開始拚命備考。然而小翼沒有發生這般美好劇情。生物社、歷史社用心準備的展覽，許多小學男生看到流連忘返；還有一些有趣的遊戲活動，例如逃脫遊戲、模擬廟會攤販；以及科學社團的體驗活動。圓佳和小翼走過每一條走廊，不斷重複相同對話：「要不要玩？」、「不用。」、「要看看嗎？」、「不要。」……逛不到兩個小時，小翼便喊累、要回家了。

唯一一場讓小翼雙眼一亮的園遊會，就是小三第一次去政德中學，欣賞了花式游泳發表會。

一群男孩穿著海灘褲，配合音樂節奏，強而有力地躍入水面，擺出帥氣姿勢，觀眾席掌聲如雷。

圓佳拍著手，瞧了瞧身旁，小翼看出神了，彷彿忘了眨眼。他把額頭貼在參觀席的玻璃窗，瞪圓雙眼，沉迷在表演中。

圓佳見狀，卻心生幾分後悔。政德畢竟是他爸爸的母校，第一次參觀校園就帶去政德也不錯。然而看兒子的反應，這所學校可能成為他的第一志願……明明還有更好的學校，他卻可能甘願屈就這所學校。「好強……」相對於兒子天真無邪的呢喃——

「還有很多所學校，我們要多看看。」

圓佳的態度反而冷淡。

也許是第一次的感動太過震撼。在政德之後，圓佳帶小翼逛過許多偏差值比政德更高的學校，小翼全都興趣缺缺。

也許這孩子找不到能激起熱情的志願學校……就在圓佳暗自感嘆，小翼口中吐出的名詞卻是「星波」。一所閃亮亮的志願，找不出半點毛病。

圓佳現在再次深有所感。小翼能回到S1，真是萬幸。

S1的學生都奮發向上，早已決定志願，而且大多數人都以星波為目標。競爭夥伴能夠拉高兒子的積極度。圓佳尤其感謝相澤，是他告訴小翼「臨海」的事。圓佳雖然有點介意星波沒有游泳池，但是「臨海」對小翼而言，想必吸引力十足。

圓佳憶起去園遊會參觀時，那一件又一件的星波藍西裝制服。衣領別著校徽，校徽是由星星和筆重疊而成，而星星就是星波的正字標記。那枚校徽閃爍著聰慧光芒，令圓佳無法自拔。

路上行人見到小翼穿著制服，想必馬上就會發覺他是星波的學生。學校指定的書包，是白色的斜背帆布包，上頭也繡著校徽。小翼穿著那身裝扮，一定很有氣勢。圓佳腦內浮現了一個景象，兒子成為星波的一員，和朋友有說有笑，走在西阿佐谷的大街上。

——那我們就以星波為目標，更加努力加油吧。

方才自己說出的話語，和腦中的景象頓時重疊。

在飛往中國的飛機上，婆婆看了最新的分班測驗成績單，欣喜若狂。

她樂得直喊：「這孩子說不定比誠治更聰明。」、「讓他去考玄陽也不錯。」、「他將來也許會繼承我們家的醫院？」嗓門大到周遭乘客都聽得見，興奮了好一陣子。日後，圓佳無數次後悔，不該讓愛虛榮的婆婆看見那張成績單。然而她自己當時也有點失去理智，並不討厭婆婆喜不自禁的模樣。小翼的夏季班前半期平安結束，圓佳很滿意，內心始終欣喜雀躍。

她這是第二次去中國。

第一次是真治上任後的第一個夏天。全家人一起走過中國大陸的大城市，美好回憶留存至今。當時真治還住在中國企業旗下的大飯店。印象中衣櫃、洗臉臺、浴室都符合他的喜好，小廚房還放了一些當地難尋的日本調味料，像是味醂、料理酒，方便他偶爾下廚。他還拜託飯店在那細長的臥室裡加床，三個人並排著入睡。之後真治的工作逐漸忙碌，再加上政治情勢不安定，圓佳就再也沒和家人到訪中國。

這次來已經時隔三年。上次真治為他們叫了計程車，這天卻是一輛附司機的大型轎車前來接送。真治外派已經到了第四年，他用中文愉快地和司機聊天，下達指示，顯然比剛來中國的時候更熟悉當地氣氛。短短三年，城市發展得越來越興盛，亞洲地區特有的喧鬧，與帶有科幻風格的智慧大樓相互交雜，小翼貼在車窗玻璃前，看得很起勁。

他們走完一圈市區觀光之後，趁著晚餐前，真治帶家人去他現在的住處，是一棟高塔型飯店。房間隔成客廳和寢室，甚至附有運動空間，從房間窗戶眺望市區，一覽無遺，圓形浴缸還裝了奢華的浴缸燈。真治升職時，曾說住處跟著升級，沒想到是租這麼華麗的房間。公婆當初聽見真治不是去上海或北京，而是去中國的內陸都市工作，始終有點不安。如今他們見到這房間，也佩服地說：「這麼豪華，我們來住，應該也能過得不錯。」、「退休之後真想過過看這種生活呢。」真治見到兩人的反應，心滿意足。接著，真治領著家人去他們要住的飯店。聽說真治住的飯店已經訂不到房間，於是訂了稍遠的另一棟飯店。

出國第一天晚上，眾人在飯店頂樓的餐廳享用中華料理全餐。

婆婆見到兒子、孫子在各自的領域大展身手，心花怒放，手轉著圓桌轉盤，顯然食慾旺盛。餐桌上又聊起小翼補習班的話題。

「阿真，小翼真的好厲害。他說不定會比誠治更上一層樓呢。」

更上一層樓，這的確是婆婆的一貫語氣。圓佳面帶苦笑，卻不怎麼討厭。

「圓佳，妳快把那張文件拿給阿真看看。還是說妳已經用網路還是什麼東西給他看過了？」

婆婆口中的「那張文件」，是指她在機上看過的最新成績單和分班通知書。圓佳之前已經隔著視訊電話，給真治看過了，現在仍從包包拿出成績單，遞給真治。

他攤開分班通知書，重新一瞧，又有可怕的新發現。這次夏季班的學生似乎又增加了，多了三個班級，總計有十八班。所有班級都按照分數順序排列。

「你在這裡呀？」

真治指著最上層，勾起嘴角。

「對呀。」

小翼若無其事地說。

「你之前一直待在這附近。大石也說過，能待在『H』最高階的班級，代表你的實力已經是全日本頂尖程度。」

真治像是刻意說給公婆聽，但他不知道，小翼前不久降到難關二班過。

婆婆聞言——

「所以呀，我想推薦小翼去考玄陽。誠治伯父的制服還留著，很乾淨，你可以接手穿。反正他們家只生得出女兒。」

她這麼說。

「誰想穿那種舊衣服。」

公公反駁，臉上已經喝紹興酒喝到通紅。

「哎呀，制服就該一代接一代傳下去。誠治那時候，也有幾個人穿祖傳的制服，或是繼承長輩的鈕扣。而且爺爺家從以前代代都是玄陽出身呀。」

周遭沒有人說日語，似乎讓婆婆很放心，嗓門跟著大起來。

真治聽了——

「可是小翼已經決定志願了。」

他對眾人說。

圓佳詫異地望向真治。

「哎呀，是嗎？他想去哪所學校？」

婆婆問道。

「就是星波。」

真治直接說出口。

小翼登時紅了臉。

圓佳急了。的確是圓佳在最近一通視訊電話，透露小翼的話給真治，但當時她有要求丈夫保密。

「哎唷！小翼！你想去星波嗎！」

婆婆的語調一口氣高了好幾階。

「星波的運動會現在應該還很有名。他們不是會辦障礙賽跑？而且很正式，障礙賽跑要匍匐前進，有學生爬到肚子流血，而且他們學校要赤裸上半身參加運動會喔。誠治就是看到星波的運動會，覺得討厭，才沒有去考。玄陽比星波自由很多，典禮儀式之外，還可以穿便服去學校……」

「現在星波比任何一所四天王校優秀。」真治打斷了她：「更何況，妳別胡說八道，會嚇到小翼。現在早就不會辦那種讓學生流血的運動會。」

「就是說，妳老愛多嘴。」

公公跟著告誡婆婆，但這點程度的抗議阻止不了婆婆。

「對了！我記得阿和家最小的孩子去了星波，他現在東大畢業，在農林水產省（註2）工作，我下次幫你去問問阿和。」

「問什麼？」真治蹙眉。

「什麼問什麼？很多要問的，像是校風怎麼樣、老師好不好啦。阿和一定知道這些。」

「別多事，而且問了也沒意義啊？跟畢業幾十年的人是能問到什麼。」

真治無奈地搖搖頭，公公跟著嘖了一聲。婆婆依舊無動於衷，之後仍頂著一張油膩膩的嘴唇，說個沒完。又是比較星波和玄陽，又說從自己家去西阿佐谷很近，小翼要社團晨練可以住爺爺奶奶家，接著還提到好友孫子明明考到晃之丘中學，最後卻跑去讀都立完全中學，難以置信。小翼靜靜吃著飯菜。

圓佳在話題中途就發覺小翼不太說話。他心不在焉，神情迷茫，不停地吃飯。

「總之，只要他繼續維持這個成績，全日本的私校任他挑選啊。」

真治說道，婆婆興奮地附和，公公則是愜意地一喝再喝。圓佳坐在一旁，忽然覺得難以呼吸。然而，是圓佳帶著成績單、分班通知書來旅行；也是圓佳偷偷告訴真治小翼的志願。是自己造成了這一切。她悔悟著，希望至少別讓兒子聽見這場對話，但一切為時已晚。

註2　農林水產省：為日本行政機關，類似行政院的農業委員會。

真治在旅館前搭計程車回住處，母子倆和公公、婆婆搭了電梯，在房間門前分開。

圓佳一和小翼獨處，頓時感覺全身無力。小翼似乎有同感，他直接撲向床鋪，在床上打滾。

她現在慶幸自己沒和真治同住。圓佳剛開始還心想，先不說公婆，連母子倆都要特地住別間飯店，太浪費住宿費。她本來問過真治，能不能像上次旅行那樣，直接在真治房間加床。不過真治半夜要和歐美分公司開視訊會議，只讓公公婆婆住在遠處的飯店，他也會擔心出事，才改成現在這狀況。如今一想，幸好他們分房住。她這麼久沒見真治，卻疲憊不堪。也許原因出在自己一直陪公婆，但她現在鬆了口氣。

「小翼。」

圓佳喊了小翼。

她想向小翼道歉。小翼明明要求母親保密自己的志願……她卻擅自說溜嘴。小翼，對不起。媽媽聽見小翼想考星波，太開心了，不小心就告訴爸爸。不過爺爺、奶奶聽了也很開心，這是不是很好？大家都很支持小翼。

圓佳想了一大段道歉詞，卻很猶豫該不該說。也許小翼不太在意，那自己不應該主動提起。

「你累不累？累的話，你先去洗澡。」

圓佳溫柔地勸道，同時隱隱覺得自己很卑鄙。她自知道歉會暴露作為母親的罪惡感，才故作開朗，讓孩子以為這沒什麼大不了。換作別人對自己這麼敷衍了事，自己一定很輕視對方，她這個母親卻主動敷衍孩子。

「嗯。」

小翼沒有抬頭，簡短回答。圓佳去浴室，在浴缸放了熱水，又走回房間——

「咦？你睡著了？」

她問道。小翼很少像現在一樣，趴著遮住臉。

「嗯。」

小翼又短短應了一聲。

圓佳看小翼趴著不起來，突然一陣不安。

他在哭？

內心才閃過這念頭——

「我沒有睡。」

小翼抬頭望向圓佳。額頭一直壓在床上，有點泛紅。他沒哭。圓佳鬆了口氣。

「今天的飯菜很好吃，對不對？」

圓佳故作活潑地說。

「我吃得好撐，撐到都會痛了。」

小翼回答。

他的神情意外坦率，讓圓佳放下心中的大石。為什麼她會以為小翼剛才在哭？
「我吃太多了啦。」小翼伸手摸著肚子，雙腳踢來踢去，真可愛，他還是一如往常。
圓佳躺在小翼身旁，臉湊了過去：「啊，對了。」假裝剛剛才驚覺這件事。「媽媽聽到小翼說想考星波，開心得不得了，之前一不小心就說給爸爸聽。抱歉喔，媽媽真的太沒定力了。」她故意說得比較輕佻。圓佳還是想為這件事解釋。

緊接著——

「啊，原來是這樣！」

小翼詫異地大叫一聲。

「我還在想，為什麼爸爸知道我想考星波，果然是媽媽說出去了。」

圓佳見他神情平靜，反而有點失落。他原本以為婆婆的氣勢、真治的壓力，壓得小翼喘不過氣，然而孩子沒有這麼嬌弱。圓佳莞爾一笑，同時又對兒子升起另一種愧疚。眼前的大人不顧是孩子要考試，一個勁聊那些沒品的對話……沒錯，很沒品。那些對話太沒品了。小翼還這麼單純，真對不起他。

現在想想，婆婆只會拿小翼和某人比較，真治也光顧著聊小翼的成績。誰都不問小翼功課之外努力做了什麼，像是現在學校待得如何、和朋友過得怎麼樣。他們擅自期待小翼做這個、做那個，簡直在玩弄小翼的未來。

「奶奶剛才在炫耀自己有朋友念星波耶。」

小翼說。

「炫耀啊……」

圓佳無奈地笑。在孩子眼中，婆婆的態度怎麼看都是在炫耀，很可笑。

「可是奶奶好像覺得玄陽比較好。」

小翼又說。

「沒這回事，星波也很……」

「誠治伯父也是念玄陽，所以奶奶希望我也去讀，對不對？」

「也許吧，她可能是這麼想。」

「可是啊，她一次都沒有提到爸爸念的政德中學。」

「……是嗎？」

「是啊。」

小翼說得很肯定。圓佳瞥了那張小臉。他的表情有點疲倦，茫然又稚嫩，似乎沒想太多。圓佳放心了，同時心生警戒，她不想再讓公公、婆婆的價值觀繼續影響小翼。

「你去洗澡吧。」

圓佳想改個話題，故作明亮地催他。

「是因為政德的偏差值很低，對不對？」

小翼說道。

「咦？」

一股寒顫，竄過背脊。

「等等，小翼不是很喜歡政德的園遊會？而且爸爸也是讀政德，怎麼可以說什麼『很低』？」

圓佳擺出怒容，說道。

她現在靜心一想，小翼唯一打從心底看得開心、愉快的學校，只有政德中學的園遊會。男學生在溫水游泳池展現花式游泳，深深震撼了小翼。他把額頭緊貼在參觀席的玻璃窗，聲聲讚嘆表演者厲害。之後又逛了校園裡的各個教室，他看了模型社、桌遊社的活動內容，嘴裡嚷嚷那些只是在玩遊戲，臉上卻笑得天真無邪。

「只是相對低啦。」

小翼現在卻這麼形容政德中學。

「相對？」

「星波的偏差值不是超過七十嗎？玄陽是六十三，赤學是六十七，還有奶奶說可以把城王當作保險來考，但城王也有六十，政德就更低了。」

圓佳盯著兒子的臉。

小翼的眼神清澈無瑕。他已經念到小四，自然知道所有的學校都有數字標準。列表就貼在補習班牆上。

「小翼已經記得這些數字了呢。」

「大家都記得住啦。」

「小翼。」呼喊帶了點嘶啞。「媽媽覺得不應該只用偏差值來判斷學校好壞。」

「為什麼？」

「你問為什麼……學校的價值不該只有偏差值。像是校風、同學、社團活動，學校裡還有很多很多優點可以判斷。媽媽希望你能更放寬眼界。」

「喔。」

圓佳捫心自問，自己究竟在這孩子身上追求什麼？這張嘴之前還逼孩子能多拿一分是一分，如今卻要他別只看偏差值？

她忽然驚覺，自己誤會了許多事。

她還不明白自己誤會了什麼，總之自己的確搞錯了各種狀況。

圓佳心急了，覺得自己該說點什麼，深吸一口氣。

「不過，政德的游泳池真的很棒。我感覺自己去那裡游泳，一定能游出好成績！」

小翼這時卻堅決地說。

圓佳聞言，不禁悲從中來——

「小翼第一眼看到那裡的游泳池，就很喜歡了呢。」

她說。

「如果政德的偏差值再高一點就好了。」

「為什麼要這麼說呢？」

「因為政德只有五開頭呀？太低了，雖然他們第三輪考試就升到六十。」

「小翼……偏差值五十，就是全日本學生的中間成績了。在考私立中學的同學、就讀『H』的同學裡面，也排在中間呀。」

圓佳說著，暗自稱是。

這群孩子現在站在高山的巔峰。

四天王一班的孩子，沒有人拿政德當志願。別說是政德，他們甚至不把其他四天王名校放在眼裡。「H」的家長說明會上，發表過每年四天王一班的榜單。去年的四天王一班畢業生不論男女，全都集中在四天王首席名門，星波學院和桃友女學園。

圓佳得知S1的學生居然如此執著偏差值的最前段班，大吃一驚。他們身處的世界多麼狹隘。巔峰乍看能眺望遠方，空氣卻極為稀薄，令人神經緊繃。她得知這些畢業生的成績之後，下意識認為，自己的孩子也應該挑一間符合S1程度的學校當志願。母親再想隱瞞，表情、語氣仍洩漏了內心的願望，孩子總能看穿。

「我去洗澡。」

小翼下了床，跑去浴室。

圓佳已經事先把帶來的洗髮精、潤絲精放在浴室。她在原地等著，如果兒子不懂怎麼用淋浴設備，她可以馬上過去幫忙。不過浴室隨即傳來水聲，她放下心。

她躺在棉被上，仰望天花板上的小小吊燈，發了一陣子呆。

他們和公婆共處的時間，還剩三天。明天和後天會依照老人家意願，安排逛博物館、欣賞入列世界遺產的溪谷，以及參觀手工藝品的製作現場。那些人再興奮，也不會整天都聊私中考試。假如他們一提再提，自己就透過真治抗議，和他們拉開距離。他們愛慕虛榮，只知道用數字評判學校，小翼和他們相處久了，那種價值觀可能會越來越深植小翼心中……

圓佳赫然驚覺，兒子說出「政德的偏差值比較低」時，那股毛骨悚然仍殘留體內。

她非常希望兒子是受了公婆的影響，才會吐出這種話。

然而她其實隱約察覺了，寒顫之所以遲遲未退，是因為影響兒子最深的人不是別人，正是自己。

回國後，夏季班後半期，從頭到尾都在教授「統測」的應考策略。

小翼聽見要把九月的統測當作入學考試備考，幹勁十足。加藤發了一本考前衝刺用講義，標題為「統測題庫全集」，據說只發給S1的學生，小翼寫完了整本講義。聽說補習班在入學考前會休息數天，以便支援、協助當屆考生備考，而衝刺用講義是用來在休班期間學習用，不過加藤基於考量，只發給S1的學生，當作小五新生用的考前講義。換句話說，就是讓學生跳級半年。圓佳這麼看重在夏季班前升上S1，其中一個動機就是想拿這本講義。

夏季班最後一週，小翼已經寫了好幾次統測的模擬考，徹底記住時間分配。

第二學期開始後，圓佳和小翼討論，挑了幾天小學上課時間較長的日子，請假來做「統測題庫全集」。「H」其實不建議請假備考，但圓佳認為，既然要把這次統測當成正式入學考，至少要做到這種程度才算認真。小學不需繳交出席報告給星波、玄陽等校。國立、公立或是大學附設中學雖然會看小學出席率，但他們頂多看五年級以後的資料，現在請假備考不會影響入學考試成績。簡而言之，只要學校請假，讀書時間就會增加。孩子能多記幾個地名、山脈名稱、河名、植物知識，甚至多記幾個漢字。圓佳會時時陪伴小翼用功。

於是，決勝之日來臨。

九月最後一個星期天，圓佳正待在「H」花岡寺校正門前的路上，等待小翼出來。

小翼經歷無數念書的日子，甚至向學校請假，寫完整本「統測題庫全集」，做了好幾套考古題，確實決定時間分配，昨天睡眠充足，今天應考狀況絕佳。

這次全國統一學力測驗，會做為後半年度的分班參考。

萬一他又降級了？

圓佳光是想像，內心便一陣刺痛。之前看見手機螢幕顯示「難關」兩個字，當時的打擊仍緊扣心弦，難以剝離。每每想起分班測驗，她的心臟便一陣揪緊。小翼已經拚盡全力讀書，然而和ＭＭ搭檔那些「Ｓ０」學生相比，小翼仍舊欠缺穩定。ＭＭ搭檔、岡野大臣、相澤七段，甚至是Ｓ１常客的幾個女生，都有參加統測決賽的經驗，他們也不時聊到決賽的回憶。儘管有些學生從未參與決賽，也擁有一些亮眼的成績，例如拿過全國算術大賽的獎牌、作文競賽獲獎。S1班上，只有小翼沒有任何頭銜。

請您千萬要讓小翼留在S1……還有，請讓小翼有機會參加決賽。

圓佳滿懷祈願，等待兒子考完測驗。

不知不覺間，「H」花岡寺校入口附近越來越多家長身影。屋外天氣炎熱，人人擦著汗，有些躲進大樓細長的陰影處，有些撐起陽傘，痴痴等待孩子考完測驗，走出屋外。

圓佳心想，自己去年也在這裡等待。明年兒子也會在相同場地，接受相同測驗，自己一定也如同現在，痴痴等著兒子。等待的時間漸漸沉重，她仍舊無法習慣這股緊張。人待在陽傘下，腋下仍不斷出汗。

「佳佳。」

圓佳聽見有人喊自己，頓時全身僵住，驚呼一聲：「哎唷！」她感覺自己太緊繃，不禁羞愧，心臟一陣亂跳。

貴子就站在眼前。她穿著輕便，套著白襯衫和牛仔褲，頭戴一頂藍色寬簷帽。圓佳從未見她戴這頂帽子。但也難怪，畢竟自己最後一次見到她是在花環教室，正式進入夏天之後，她是第一次見到貴子。

「妳家孩子來考試？」

陽。

圓佳問了貴子，暗想自己多此一問。若非孩子應考，做母親的怎麼會在這晒太

「對呀，來湊熱鬧。」

貴子活潑地說。

「我想說佳佳應該也在現場，果然找到了。」

圓佳聞言，不知該做何反應。應該也在？自己當然會在這裡，畢竟家裡的孩子就讀這間補習班。貴子的孩子要來考試，怎麼不跟自己說一聲？圓佳雖然疑惑，但兩人最近不常互傳訊息，對方想來也找不到時機告知。

「佳佳真的好偉大，還特地來門口等。我家孩子第一次來這間補習班，小翼平時就在這走動了呢。」

「我平常不會直接來門口接孩子，是因為今天我和小翼約好，回家前要去吃聖代。」

「喔，聖代耶，真不錯！你們要去哪吃？」

「……大街對面的 Angels。」

「那我跟孩子也一起去好了。」

圓佳內心一陣反感——

「當然好呀。」

卻反射性擠出笑容。

這下糟糕了。她的確和小翼約好，考完試就去Angels，但不是為了悠悠哉哉吃聖代。他們每次考完測驗，慣例會去Angels對答案、確實複習考題之後才回家。自從小翼小二第一次參加測驗，每半年都會重複一輪，這次已經是第四輪。說實話，她並不希望貴子母子忽然冒出來，打擾他們的例行公事。

「總覺得這間補習班的家長，和溫泉那邊完全不一樣。」

貴子稍微壓低嗓子。

「是嗎？」

「補習班有舉辦班外考生的家長說明會，我順便參加了一下，但所有人都好正經，有點可怕。老師的演講也有條有理，一秒不差準時結束，真的跟溫泉差太多了。」

「怎麼會……我聽說大日也很不錯。」

「我們那裡就是很散漫啦。」

貴子淡笑，像在疼愛不爭氣的孩子。

「原來是這樣。」

「『H』的老師說，升小五之前是換補習班的最佳時機，不過……」

她正要繼續聊，四周的家長忽然同時有動靜。順著他們的視線看去，小小考生接連走出大門。

「啊，看來是考完了。」

貴子快步向前，從前方家長的肩頭探出頭，尋找自己的孩子。看她行動迅速，圓佳感覺心頭刺了一下。貴子肩上背著大包包，裡頭露出信封，應該是「班外考生家長說明會」上拿到的資料。她說著「湊熱鬧」、「順便參加」，實際上想法真如她嘴裡那樣輕鬆？貴子緊盯著魚貫走到戶外的孩子，眼神很是認真。有些孩子是一個人回家，有些則是找到家長，馬上飛奔上前。貴子握緊手機，以便隨時接到翔太打來的電話。她的模樣看似滿懷慈愛，擔心自己的孩子來到陌生地方，又像是看重教育，認真靜待測驗結果。

「翔太！」

貴子忽然高舉起手，大聲呼喊。

翔太比小翼先出來了。許久不見，翔太變得更強壯，又晒得淺黑，判若兩人。翔太見到圓佳，馬上鞠躬行禮，隨即面向貴子，皺起了臉。

「難斃了。」

翔太說著，直率地皺眉蹙眼，貴子和圓佳見狀，不禁相視一笑。

又過了片刻，小翼出現了。他手上拿著解答本，探頭探腦尋找母親。圓佳心情一振。

小翼發現了他們，小跑步跑來，神情很開朗。「原來翔太也來考試。」他看見翔太，害羞地說，聽見兩人要和他們一起去「Angels」吃聖代，他的表情更是喜悅。

不過，一行人出發後——

「媽媽。」

走到一半，小翼拉了拉圓佳。

「怎麼了？」

貴子和翔太在一旁討論考試狀況，講得很起勁。圓佳悄悄和兩人拉開距離，直到兩人聽不見自己和小翼的對話。

「我先對過答案了……」小翼悄聲說。圓佳點了點頭。小翼把嘴巴靠向母親耳邊。兒子考完之後直接對答案，還特別想告知結果，代表他很有把握。他考差的時候，對答案總是拖拖拉拉，從來不會拿著解答本走出考場。

「嗯，你考得怎麼樣？」

於是，圓佳聽完兒子的報告——

「不會吧！」

不小心大喊了一聲。

「噓！噓——」

小翼連忙告誡母親。

貴子回過頭，問：「怎麼了？」

「沒有，沒事。」

她聽完對答案後的分數，大概要好一陣子在內心打拉鋸戰，以免自己衝動跑去跟所有人大聲宣揚。

貴子走向圓佳。圓佳用力繃起上揚的嘴角，縮了縮肩膀。

貴子說：

「我兒子說自然、社會考得一場糊塗，聽說出了大日還沒教到的範圍。果然『H』的教學進度比較超前呢。」

圓佳聽著她碎念，露出完美的笑容——

「別這麼說嘛，孩子願意來考試就很厲害了。他已經盡力考完試了呀。」

她語氣和善地勸說好友。

「知道是知道啦。」

貴子還在嘆氣。

「翔翔、小翼，你們都努力考完了。我們去涼快的地方休息吧。」

圓佳在一旁，笑著對兩個小學生說道。

方才她百般不願意和貴子母子一起度過考後時光，如今那股不情願煙消雲散，彷彿一場騙局。現在她更想好好犒賞兩個孩子的努力，請他們吃吃甜食。

夏日天空閃爍耀眼的水藍，空氣彷彿夾帶光粒，城市的輪廓顯得清晰。一行人走過行人穿越道，爬上緩坡，「Angels」的紅色招牌漸漸出現在眼前。

颱風剛過，秋日晴空一望無垠。這一天，圓佳接到一通電話。

她出外買完晚餐材料，正要回家。一看見來電號碼，某個預感頓時成形。她停下腳步，按下通話鍵，話筒傳來加藤的嗓音。

「您覺得這通電話是要通知什麼？」

加藤的態度比平時更加高昂。「咦？」圓佳聽他這麼問，疑惑地應了一聲，但她早預料到是什麼通知。自己接下來將會迎接有生以來第一次感受的喜悅。圓佳做好準備，打算將之烙印在耳中。

「小翼考進決賽了。」

自己早有心理準備，仍然為之屏息。

「咦！真的嗎！」

「真的，哎呀，真是太出色了。」

「這是真的嗎！」

「真的，當然是真的，我沒料到他進步神速。說實話，我很吃驚。不過他最近非常用功，反倒是我被他嚇了一大跳。」

加藤呼吸急促，語氣和平時稍有不同。連加藤都為他激動！圓佳一想到是兒子的成績帶動老師的情緒，便深深以兒子為榮。

「這都要感謝老師，是老師教導有方。真是太謝謝您了。」

「不不，決賽還在後頭等著，還不能掉以輕心。決賽還有口試、團體討論，這些對小翼而言都是初次嘗試。這次敝校和隔壁區的小金橋校加起來，總計有五名學生進軍決賽，我們想在決賽前的星期五召集五名學生，上一堂針對決賽的應考課程，並且舉行團體討論練習賽。不知道小翼能不能參加？」

「當然可以！我才要拜託您讓我孩子參加。啊不過，這個，課程的費用……」

「這天課程是特別為決賽考生開的，當然是免費。」

「補習班竟然願意付出這麼多心力，真是非常感謝您！」

「好的，那我會把細項寫成信，讓小翼帶回去給您過目。不過這次決賽只是一個關卡，就讓我們努力衝刺，就這麼衝向最終目標，西阿佐。」

掛斷電話，圓佳仍感覺自己置身夢境。自己彷彿開啟了未知的世界。免費應考策略課程，團體討論練習賽，她沒料到補習班還附送這些禮遇。圓佳感覺喜悅盈滿全身，身體變輕巧，簡直要如少女時期快樂奔跑。她活到這個歲數，從未經歷如此狂喜。

一回到家，她隨即撥電話去公婆家。去中國旅行的時候，自己還想著和他們劃清界線，然而他們比任何人都明白進決賽的價值，自己真是太現實了。圓佳也打電話回娘家。她按捺不住自己，一路從考試說到補習班的免費特別課程。圓佳的母親不太清楚全國統一測驗的意義，自己需要從頭解釋小翼通過預賽，究竟有多驚人，但無所謂，圓佳連解釋過程都覺得幸福。「別讓孩子太辛苦。」圓佳的母親叮嚀道，然而母親住在鄉下，周遭沒有任何私立學校，她不明白小學生念書有多辛苦，也不懂考進決賽的機會又有多珍貴。

另一方面，婆婆倒是打蛇隨棍上，馬上就得意忘形。她甚至稱讚圓佳「這都要謝謝圓佳」、「是妳把小翼教得這麼好。」圓佳沒有料到婆婆的讚美，不禁泫然欲泣。婆婆隔天也打電話來，把她從好友那裡聽來的星波學苑資訊，一一告訴圓佳，不過都是些網路查得到的內容，還不時插幾句「但我覺得玄陽比較優良」。換作是以前，聽見婆婆這麼愛談學歷話題，圓佳早就嫌煩了，不過圓佳這時反而想多聊一些，始終溫和地點頭稱是。

決賽考場，就在灣岸區的「Hallmark 升學補習班」總公司。

孩子們代表全日本小學生，以「選手」身分參與決賽。考試期間，家長就在附近的會議中心等待。說是等待，實際上是參加一場大型宴會。會場排了許多圓桌，桌上裝飾豔麗花朵，指定的桌位擺上選手家長的名牌，以及豪華禮品，有教育雜誌、最新參考書和題庫、文具等等。

宴會開始之前，圓佳在讀溫媽媽剛出版的新書，**《溫媽媽×泉太郎：私中考試是什麼？食物嗎？～「溫吞」母子，愛與青春的每一天～》**，但她讀到一半就闔上書本。因為螢幕上開始播映座談會，與談人是電視上偶爾會見到的教育評論家、「Hallmark 升學補習班」總經理，以及一名星波學苑高中男同學的家長。據說那名男同學參加過最多次統測決賽，還獲大財團支援，就讀國外的知名大學。各餐桌備有紅茶、蛋糕，決賽選手家長可以享受優雅下午茶，同時聆聽受益良多的座談會。

座談會結束後，圓佳瞧見隔壁主婦的名牌，腦中閃過一個推測。「H」花岡寺校四天王一班有個三津谷仁，考場內不太可能有另一名學生和他同姓氏。圓佳試著開口詢問，對方果然是三津谷仁的母親。她穿著樸素，面容柔和，年紀比自己年長許多。在場家長多是夫妻一同出席，而三津谷是獨自出席，圓佳比較方便向她搭話。
圓佳自報姓名，提到自己的孩子也讀花岡寺校，察覺三津谷瞥了一眼自己的名牌。圓佳恍然大悟。小翼經常聊起MM搭檔，但是三津谷家的孩子並沒有提過小翼。對方入班後從未離開過四天王一班，小翼則是進進出出。對方自然沒把小翼看在眼裡。
從話題中得知，三津谷已經是第四次參加決賽。每年兩次來到這棟會議中心，拿了禮品，聽聽講座，享用蛋糕，宛如例行公事。世上居然有人把參加決賽當成家常便飯，圓佳幾乎感到頭暈目眩，她也詢問三津谷，平時都怎麼教孩子念書、參加過哪些中學說明會或園遊會？三津谷始終露出沉著微笑，仔細回答問題，語調悠然，不擺架子。
圓佳這才放心了。
「聽說三津谷同學入列『SO』呢。」
她說到。
三津谷則是愣了愣，望向圓佳——
「我家孩子在補習班犯了什麼錯嗎？」
她的回答牛頭不對馬嘴。圓佳大吃一驚，沒料到對方沒聽過「SO」。也許是她兒子待在現在的班級，待得理所當然，已經不太在意那些稱號。

級，是不是？」

「『SO』是指，絕對不會從四天王一班降級的學生。三津谷同學都沒有降過級，是不是？」

「是呀，目前是沒降過。」

原來天才兒童的母親都這麼沉穩。圓佳看著對方，眼中滿是仰慕。然而仔細一想，她的兒子到小四暑假之前，已經參加過四次決賽，代表他從小學低年級開始，就已經接受必要的「訓練」。天才歸天才，家長並不會讓他們從小到處玩、到處逛。

印象中，她們之後又閒話家常了一番，聊了花岡寺的著名蛋糕店、教育評論家會出現的電視節目等等。直到決賽結束，眾多孩子回到會場，圓佳和三津谷問候一聲，就直接道別了。

過不了多久，決賽結果出爐。「H」的官方網頁上，發表了五十名選手中的前二十名，三津谷排行第七名。而小翼的名字並未出現在清單裡。

「小翼，光是能通過預賽就很了不起了，要知足喔。」

圓佳半是調侃地安慰兒子，度過非常快樂的時光。

她把參加決賽的紀念牌放在餐具架最上層，盯著看了好一陣子，任憑嘴角揚起。去參加小學的家長會時，有些家長聞風而來，塑造出讚賞她的氛圍。貴子、千夏等人原本就常常稱讚小翼，不過有些家長只是點頭之交，都特地跑來告訴圓佳：「我女兒都說小翼是天才。」圓佳故作困擾，虛心回應，同時也暗自感慨，自己至今可曾贏得如此淺顯易懂的尊敬？

家長會後，圓佳應貴子之邀，久違地拜訪貴子家。
說起來，不知道翔太考得如何？圓佳穿上貴子遞來的拖鞋，內心起了一絲好奇。她們兩家同在一棟公寓，地板材質、壁紙都一模一樣，格局也相同，然而圓佳只有兩個人住，貴子家孩子多，房內放滿鮮豔的兒童用品，屋內比圓佳家更熱鬧，也更狹窄。
「小翼居然考進決賽，真是厲害得不得了。」
貴子泡了咖啡，還一起端來別人送的馬卡龍。她對圓佳說道，讚美的眼神比以往更加熱情。
「沒這回事。」
「我說呀，小翼平常都念多久的書呀？」
圓佳是以分計時安排讀書行程，甚至讓兒子請假不上課，全力念書。但她見貴子問得嚴肅，頓時將這些拋諸腦後——
「多久呢……我不太盯他念書，不知道呢。那孩子也不是光靠補習班指導，他還要上游泳課，在學校又認真。」
她故意假裝茫然，說得像是自己偶然生了一個優秀的孩子。說著，連她自己也嚇了一跳。這番話有一半出自圓佳的真心。貴子聞言——
「天生頭腦聰明的孩子就是不一樣呢……」
她感慨萬千地回答。

「小翼和翔太以前明明感情很好，感覺兩個人距離越來越遠，讓人有點寂寞。希望小翼以後也能和翔太好好相處。」

貴子還說了這番感傷的發言。

兩個孩子還小的時候，圓佳的確常常來拜訪，但隨著孩子長大，彼此越來越少帶著孩子互訪。小翼忙讀書，想必沒時間和學校朋友玩耍。圓佳自己也很久沒有和同為媽媽的好友坐下來聊天。貴子家有三個孩子，屋內稍亂，玩具四散，但那些應該不是翔太的玩具。客廳處處貼著五十音和地圖海報，餐桌邊緣隨便堆了幾本大日講堂的講義，由此可見，翔太平時就坐在那個位置用功。

「妳也可以送翔翔來『H』呀。妳之前不是提到家長說明會。說老師的演講很有說服力。小翼一直都是給那位加藤老師教的。聽說他的授課技巧很高明，非常有趣。」

圓佳優雅地邀請貴子。

「佳佳這麼說是沒錯……」貴子的表情垮下來，坦白道：「可是翔太之前的全國統一學力測驗，分數沒達到『H』的入班標準。」

「咦？」

「只差兩分，還是不合格。」

貴子直呼可惜，但四年級生的入班標準其實不算高。

圓佳差點笑出聲。她絕不是瞧不起貴子或翔太，而是現在第一次承認，自己內心存有一抹陰霾。圓佳終於認知到，自己始終懷抱恐懼。萬一翔太未來變成小翼的對手，事情就麻煩了。

畢竟翔太在校園參觀日時經常發言，又熟知歷史，擔任班級股長，表現十分亮眼。圓佳印象中的翔太，就是表現顯眼。

圓佳很清楚，私中考試根本不會採用小學的課堂表現、考試成績。但她萬萬沒想到，翔太的成績竟然達不到補習班的入班標準。

貴子面對忍笑的圓佳，神色陰暗，說道：

「我原本和孩子的爸討論過，假如翔太搆得到最低階的班級，還有機會換補習班。但那成績真的太難看。那孩子最近忽然吵著要考私立中學。好像是小翼跟他說，高中考試的好志願很少，大多數好學校都是完全中學直升，高中入學考還會考英文，很辛苦。」

「咦？我兒子說過這種話？」

圓佳吃了一驚，她沒想到小翼的想法這麼實際。

「好像是。小翼說話已經能讓大人甘拜下風了呢。」

「哎呀，一定是『H』的哪個同學說過，他拿來現學現賣。」

自己應該為此自豪嗎？孩子太清楚考試的現實面，圓佳不知道該如何反應。

「不會啦，是小翼很成熟。那孩子從幼稚園的時候就很成熟了，頭腦又聰明。」

貴子稱讚個不停，圓佳搖了搖頭，但也認為貴子或許說得對。

不過——

「話又說回來……」

貴子這時透露了意料的資訊。

「沒想到小颯考上『H』了。」

她泡了第二杯咖啡，感嘆道。

「咦？」

「啊，我這不是說壞話喔。我很喜歡小優，但還是有點受打擊。因為看小颯一直在玩跳床，沒在念書。」

「小颯要進『H』了？」

圓佳很疑惑，一字字慢慢地問。

「妳沒聽說？小優說小颯達標了，不過是滑壘進去。他已經決定要進補習班，下次小優應該會來跟妳請教『H』的事。」

貴子口中的「小優」，就是優希，她們之前一起參加過花環教室。當時她不是一臉迷茫，覺得升學補習班離他們家很遙遠？颯太郎每週上一次跳床課還上不夠，聽說他參加地區層級的跳床俱樂部，還參加大賽。怎麼突然間就進了「H」？而優希從未跟圓佳提過一字一句。

「小颯的頭腦也很好嘛。」

貴子伸出纖細的手指，小心地剝開馬卡龍。圓佳聽了，不禁覺得貴子太濫用這句稱讚了。

而且，翔太在大日講堂念書念了很久，卻以「兩分」之差落榜；颯太郎從未考慮過私立中學考試，反而「滑壘」進了補習班。這究竟是怎麼回事？圓佳拿起馬卡龍，放到舌上。摩卡口味的馬卡龍猶如甘甜雪片，入口即化，轉眼消逝。

冬日將近，輿論開始瀰漫考試氛圍，「**☆☆☆大家一起全力支持在『H』用功念書的四年級生☆☆☆**」討論串也變得熱烈。

有些學校一進年末就舉行入學考試，日本新年一過，電視新聞、報紙都在採訪前往考場的六年級生。

圓佳除了「**☆☆☆大家一起全力支持在『H』用功念書的四年級生☆☆☆**」，也會追蹤「**可以去考星波嗎？**」、「**平靜討論今年的私立中學考試**」等討論串，忙得不可開交。「**平靜討論今年的私立中學考試**」也是圓佳愛看的討論串。每個討論串都不斷出現新留言，東看西看，時間一下就過去了。

圓佳沉迷在討論串中，過不了多久，這些考生學長姊終於迎接考試決勝日，圓佳的雙眼緊黏著「**入學考試等待室現場實況串**」。

討論串內塞滿六年級生家長臨考前的擔憂、焦慮，一篇篇瀕臨崩潰的貼文，讀了都讓人跟著心痛。〈**我昨天整晚睡不著……**〉、〈**根本沒食慾……**〉、〈**緊張得快死了……**〉，家長顫抖著指尖，艱難地打出每一個字。讀著這些內容，圓佳也不禁心生畏懼，這些大人一把年紀，居然會因為陪考坐立難安。這些家長有的經歷生產，好不容易把還在吃奶的孩子拉拔長大，送去考試；有的可能是全家的支柱；甚至有人在外經常培育部下或後進，面對孩子考試，卻慌了手腳。

〈直到櫻花綻放時：我是四年級生的媽媽。我感受到各位爸爸前輩、媽媽前輩的情緒，差點跟著落淚。請各位千萬要相信孩子一路走來的努力，守候他們考完試。我衷心支持各位，希望孩子能為各位捎來好消息。櫻花絕對、一定會綻放的！〉

話說回來，不知道怎麼回事，自己最近在網路討論區發文發得很自然，彷彿是在自己的手機寫筆記。

圓佳剛開始嘗試發文時，緊張得不得了。她當時看到一篇文章，作者彷彿和自己心有靈犀，她太想告訴作者自己的感想，誠心誠意寫了一篇回文，謹慎斟酌用字。一邊寫，還一直擔心自己不小心寫上真名誤發文的話，該怎麼辦？現在想想，當時的自己真是滑稽又天真，居然緊張到心兒怦怦跳。寫完文章，還一再檢查錯字、漏字，思考用字會不會誤傷人，或是容易被他人恥笑。

她使用「直到櫻花綻放時」當暱稱，寫下一篇又一篇的文章，漸漸有人主動回覆她，例如**〈直到櫻花綻放時大大想必是一位溫柔的母親。〉**、**〈多虧直到櫻花綻放時的發文，我打起精神了。〉**。

圓佳和現實生活中的朋友，不太能深入討論私中考試，貴子、千夏、優希都一樣。現在想想，她們最近甚至不太聯絡了。圓佳和貴子上次聊完翔太的考試分數未達入班標準，貴子就再也不提私中考試。颯太郎進入「H」之後，母親優希也從未告知圓佳，千夏也不再約圓佳出去。圓佳的周圍靜悄悄的，甚至令她懷疑，自己是不是被疏遠了。

圓佳現在主要在網路蒐集私中考試的資訊，或是交流想法。像是這次入學考時期，她幾乎天天閱讀六年級生家長的文章，回文加油打氣。

〈直到櫻花綻放時‥我是一個四年級生的媽媽。恭喜令郎錄取！總算看到值得慶祝的發文了！我在未來兩年，也想要盡力協助小犬，希望他能像令郎一樣跨過窄門！非常感謝您帶來好消息。〉

〈直到櫻花綻放時‥我是一個四年級生的媽媽。俗話說‥「塞翁失馬，焉知非福」。恐怕是令嫒和那所學校無緣。第二志願的學校一定是讓令嫒發光發熱的好地方。我相信未來會有美好的青春時光等待著她！〉

〈直到櫻花綻放時‥我是一個四年級生的媽媽，也曾帶孩子經歷過決賽。令郎在星波的考場內，遇見一起考進決賽的好朋友，我覺得真是一場美好的邂逅。我現在就開始期待好消息了，希望令郎能和朋友一起成為星波學苑一年級生！〉

然而，時光飛逝，二月已經過了幾天，新聞節目開始報導星波學苑考生的放榜全紀錄，下一學年的學生如同擠牙膏，整批往入學考試推進一步，太恐怖了。小學五年級新生的全國統一學力測驗逐漸逼近。

「小翼，下次測驗也要往決賽邁進喔。」

最近，這句話變成圓佳的口頭禪。

「嗯，我一定會去。」

小翼答道。

九月參加決賽的時候，圓佳當時欣喜若狂，如今她看見紀念牌，笑容已不再。忽喜忽憂的「喜」，總是過去得飛快。最近的分班測驗，小翼又降了一級。堂堂前屆決賽選手掉出S1，簡直奇恥大辱，小翼卻看似把圓佳的責罵當耳邊風，左耳進，右耳出。

最近討論區上出現這樣的文章。

〈有個叫「直到櫻花綻放時」的人，裝作鼓勵別人，其實都在炫耀自己。四年級生的家長、兒子參加過決賽、大分校S1、文科男孩、獨生子、老公外派國外。感覺可以肉搜到身分了。〉

〈我也這麼想，這人的優越感很重呢。〉

圓佳見到這篇討論，頓時心生畏懼，再也不看討論區了。然而，失去宣洩情緒的管道，害得她最近很煩躁。一想到下次測驗就坐立不安，無法冷靜。

加藤之前在「H」的家長會談上發布通知，請求全體家長別再向小學請假，來應付統測。

圓佳不知道加藤為何特意提到請假，難不成有越來越多學生在統測前請假用功？對手已經這麼不擇手段，她當然也想讓小翼請假，爭取時間讀書。然而當小翼告訴圓佳：「加藤老師跟我說，不可以再為了準備考試請假。」她只能無言以對。她算出到下次統測為止，可以用來讀書的時間，一一寫進手帳，感覺時間如同沙漏的沙子，一粒粒漏下，消失無蹤，浪費一分一秒都嫌可惜。

〈五年級開始才是真正的勝負關鍵——〉

「小翼，要加油喔。」

圓佳心裡越不安，就越想叮嚀兒子。

「你沒問題吧？還能加油，對不對？」

〈同班同學會開始慢慢更迭——〉

許久以前，東大爸比的那篇文字彷彿成了詛咒，每次回想，那一字一句，牢牢束縛圓佳的心靈。

「嗯，我會加油。」

小翼吃著飯、讀著書，就連看電視時，都會乖巧回答母親的叮嚀。但他的答覆如同輕薄的空氣，穿過圓佳耳內，不留痕跡。

「小翼，我們一起加油。」

「嗯，我會。」

「你參加過決賽，下次統測也要拿下好成績，才不會對不起自己的獎牌喔。」

「我知道。」

小翼最近常常看起來很疲倦。他一口渴，就會不顧算術題算到一半，直接離席去喝水。

「小翼，你真的沒問題嗎？」

連圓佳自己都不明白，問這些問題，究竟想得到什麼答覆？但是她的嘴就是會自行蠕動。

一個成年人，一個生養過孩子的母親，面對自己的孩子，嘴巴竟然這麼不受控。她當然不想刺傷孩子，也不想傷害孩子的自尊心，卻不停吐露自己的擔憂。

兒子面對母親的滿口憂慮，究竟能說什麼？他只能抬起潔白的雙頰，不斷回答：「沒問題。」

第三章　十二歲

隔著遮陽帽的面罩看去，琥珀色陽光依舊刺眼。汗珠滑到眼角，圓佳快速眨了眨眼。

她穿上長袖，以為已經徹底做好防晒，獨獨忘了戴手套，後悔莫及。出門時天色還稍稍陰暗，回程已是烈日熱辣，雙手握著腳踏車握把，陽光灼晒手背。體感溫度是否早已超過體溫？內衣內側汗流浹背。剛才影印紙劃傷了圓佳的手指，汗水滲進傷口，隱隱作痛。

她騎了很長一段路回來，抵達公寓前還有關卡，一段斜坡。她平時不覺得斜坡有多陡，但現在她熱得氣喘吁吁，爬坡爬得可吃力了。

還剩一小段路。想辦法爬上坡，就能看見公寓。圓佳咬牙、皺眉，專注地踩著踏板。

「佳——佳！」

她好不容易騎到坡頂，便聽見有人活潑地呼喊自己。

這附近只有一個人會用「佳佳」稱呼圓佳。她單腳觸地，回頭一看，只見貴子騎著腳踏車追來。她頭戴鴨舌帽，POLO衫配牛仔褲，肌膚呈現健康帶光澤的小麥色，毫不在意烈日灼身。腳踏車前的菜籃裝著大大的購物袋，她應該是剛買完東西。

「天氣好熱喔。」

貴子飛快地追上圓佳，輕巧地跳下坐墊。原來如此。圓佳這才察覺，貴子騎的是電動腳踏車。

「妳午餐要煮什麼？」

貴子笑容親切地問道。她下了車，似乎想來圓佳身旁一起走。

「我打算做三明治。」

圓佳答著，配合對方下了腳踏車。兩人肩並肩牽著車，邊走邊聊天。

「喔，真好。我家要吃中華涼麵，弄成流水麵。」

「感覺很好吃。」

「現在盡量不想開火煮飯呢。」

「是呀。」

「小翼去上補習班的夏季班？」

貴子問得直接——

「啊，他今天休息。」

圓佳倒是答得有點艱難。她不希望貴子繼續問。

不過貴子仍然一副無憂無慮——

「那他現在在家用功？」

她這麼問道。

「我也不知道，他可能在偷懶。」

圓佳笑了笑，說道。

「也難怪他想喘口氣。聽小優說，補習班到了暑假，一個星期只休息一天。他們還是小學生耶，太了不起了。」

「翔翔現在在做什麼？」

圓佳改變話題。

「我兒子去學校的游泳池游泳，再過一下就回來了吧。」

「今天去游泳池，肯定很舒服。」

「就是說啊。我也想游泳了。」

貴子和圓佳住不同棟，兩人在腳踏車停車場道別後，圓佳獨自搭上電梯。大熱天還慢慢邊走邊聊天，害她現在有點暈眩。電梯裡的空氣也很悶熱。

她正要按自家的樓層按鈕，正巧聽見腳步聲逐漸靠近。那是孩子特有的吵雜聲響。圓佳按著開門鈕，等了一會兒，三個小男孩衝進電梯。圓佳覺得他們很面熟，但不知道名字。他們住在同一棟公寓，現在念小學低年級，是小翼的學弟。

「你們要去幾樓？」

圓佳問道。

「三樓。」「六樓。」「我要去七樓。」

三人的答案都不同。她分別幫男孩按了樓層按鈕。

三個男孩晒得全身黑，頭髮也溼漉漉的。游泳袋裡露出浴巾、水壺。他們吵吵鬧鬧地走進電梯，現在突然全都靜悄悄的。看來家人有交代他們，電梯裡有其他住戶的時候不可以講話。不知道他們今年幾年級？

圓佳想起自己的母親，母親以前和陌生孩子相處時，會隨口和孩子搭話。換作是母親，她肯定會輕易開口問問題，像是今年幾年級？剛剛游泳回來嗎？你家在哪裡？老師是誰？想問什麼就問什麼。孩子聽到長輩問問題也會回答，不太提防。不知是時代在變，還是地區差異，老家所在的鄉里，不少大人願意隨意找孩子說話。圓佳也常和鄰居的叔叔、阿姨打招呼，彷彿彼此是親戚。放學回家，若是走了和平時不一樣的路回家，陌生屋子也會有陌生婆婆邀請她過去，在門口給她一支冰棒。換作是現在，隨口叫陌生孩子到家門口，反而會被當成可疑人士。別人搞不好會直接報警。

那年代真是悠閒自在……

她想微笑，卻不知為何，心頭一陣絞痛。

圓佳想起自己的小學六年級。她會拿著紅色游泳袋，甩著圈圈，和鄰居小孩會合，天天去做廣播體操、跑游泳池。除此之外，無事可做。回家路上只要有人提議，會自動分成兩隊，玩起警察抓小偷。玩到一半，某個玩伴的媽媽會帶西瓜或飯糰請大家吃，他們不會道謝，直接衝上前大吃。當地小學很小間，一個學年不到三十人，同學不分男女小團體，像是人數比較多的兄弟姊妹，感情很好。沒有人會上補習班，他們也沒想過要選中學、受中學選拔。夏天結束，同學人人晒得黝黑，手腳處處脫皮，全身一塊白、一塊黑，又癢又滑稽。

至於功課……

圓佳驚覺。

自己成績不差，但印象中從未拚死拚活念書。她只要天天好好寫完作業，課業就沒問題。腦中浮現一個景象，電風扇轉來轉去，自己在客廳桌前，伸直雙腳，一邊解習題，一邊偷看開著沒關的電視。祖母在身旁喝著麥茶。風鈴叮叮作響。她從不認為自己課業跟不上。

三樓、六樓、七樓……孩子一一出了電梯，不知何時，電梯內只剩自己。

裝了影印紙的提包，感覺忽然變得沉重，陷進肩膀。

電梯門再次開啟，圓佳也出了電梯。

提包裡放了一本厚重的小冊子，標題是「高難度私立中學入學考試歷屆試題集」，以及數十張影印文件。她影印了補習班指定的所有頁數，以及依照真治的要求，影印了星波學苑、赤坂學園、晃之丘中十年份的考古題。

她不想讓住附近的好友媽媽，看到自己影印了這麼多學校的考古題，所以特地騎了二十分鐘腳踏車，跑到遙遠的便利商店印考題。印到一半，有個看似學生的男孩來到影印機旁，圓佳請他先用，但對方說願意等，她就不客氣地繼續影印，回過神來，男學生已經離開了。對方大概沒料到有人會一次影印這麼大量的文件。太對不起他了，自己應該再問他一次。

她把鑰匙插入鑰匙孔，打開家門。屋內目前靜悄悄的。圓佳記得真治說過，今天他們要做之前拿到的關西補習班模擬試題。

圓佳注意不發出腳步聲，小心翼翼通過走廊。

手剛靠上廚房兼客廳的門板——

「你搞什麼東西！」

房內忽然傳來真治的怒吼，圓佳嚇得渾身抖了抖。

「為什麼這裡會寫『6』！」

看來模擬考已經結束，他們正在對答案。

圓佳怯生生地打開房門，小聲說道：「我回來了。」

「這個數字看起來像『0』嗎？怎麼看都是『6』啊！你絕對是檢查的時候看錯了，對不對？唉，你不要老犯同樣的錯好不好！」

真治根本沒注意到圓佳回來，一連串怒罵之後，又譏了一句：「是有多笨啊你。」

接著，他仰天長嘆兒子的愚蠢。

小翼不論聽到什麼責罵，都沒有反應，只是默默滑動鉛筆。圓佳走向廚房，開始準備午餐。

午餐大多是飯糰、三明治，或是咖哩、燉菜。她盡量準備可以單手吃的食物，另一手可以繼續寫字，不然會害小翼挨罵，說他吃飯吃太慢。

片刻過後——

「ＯＫ，你想做還是辦得到啊。」

圓佳聽見真治稱讚小翼，幾乎要安心落淚。她沒有錯過這個好時機——

「差不多可以吃飯了。」

她輕快地喊道。

「喔，已經這個時間啦？都還沒寫完原本預定的一半。算了，早點吃完，下午再趕進度。」

真治自言自語著。

圓佳快速做完醃牛肉三明治和馬鈴薯沙拉三明治，送到客廳桌上。現在客廳桌已經變成兩人上課用的書桌。

「你去洗洗手再來吃。」

圓佳說道，小翼沒有回應，直接起身，走向洗臉臺。真治手也沒洗，直接拿起三明治大嚼特嚼。圓佳把四散的紙張、講義整理好，收到桌邊，擺上三個裝麥茶的杯子。

「小翼他剛才很努力。」

真治故意說得很大聲，想讓去洗臉臺的小翼聽清楚。圓佳很慶幸，幸好丈夫嚴厲斥責之後，總會多稱讚來平衡兒子的心情。

然而她一見到小翼從洗臉臺回來，心裡便一陣低落。孩子雙眼泛紅，瀏海有點溼，應該是剛洗過臉。他是邊哭邊用功。

真治無視小翼的慘樣，說：

「他已經算完試題裡的浮力計算題了。對不對，小翼？浮力計算題很困難，但只要算得夠仔細，還是做得到。不知道怎麼算，就多回想阿基米德原理。還有，千萬不要看錯『0』跟『6』、『1』跟『7』。好好算，一定算得出來。」

他語氣很是開朗。

「嗯，我知道了。」

小翼的聲音意外地有精神，圓佳放心了。她今天是第一次聽到小翼說話。

「小翼在做好難的題目，真厲害。」

圓佳稱讚小翼，但是小翼沒有任何反應。反倒是真治對小翼說：

「這種題目很單純。就是把東西放進水裡，會溢出多少水，代表東西會變輕多少。把水換成別種液體，東西變輕的重量，等同於排出的液體重量。小翼，對不對？」

小翼就點了點頭。

「這樣啊，可是媽媽就覺得好難。真虧小翼寫得出這麼難的題目。」

圓佳故意自嘲地微笑。

「這很普通啦。」

小翼說著，仍舊面無表情。

「你要感謝媽媽。媽媽可是在你用功的時候，幫你去影印考題。」

真治含著滿口三明治，語氣隨便。圓佳說：

「對呀，真的很辛苦。可是拿書去影印，就可以省下整本書的錢。對了，我看到收銀臺前面放了豆大福，下意識就買了。之後拿來當點心吧。」

她的語氣故作輕鬆。

「妳老是浪費錢多買零食。算了，也罷，大腦需要適當補充糖分。聽說將棋棋士也經常吃甜食。」

真治剛才斥責連連，現在卻心情不錯。他以前的確有一點喜怒不定，然而今年春天回國後，感覺他的情緒起伏變得更大、更極端了。

丈夫兩三下吃完午餐——

「好了，沒多少剩時間。我們趕快來重看你的數學考題。」

他不顧小翼還在咀嚼，開口催促。小翼慌慌張張喝了麥茶，把三明治吞下去。

圓佳見狀，很想讓孩子慢慢吃飯，仍默不作聲。

她想起之前真治說過的話。

加藤在夏季班前的家長說明會上，曾經告誡：「夏季班期間，補習班會為學生安排非常嚴密的課程，所以請各位家長讓孩子在家好好休息。」圓佳一五一十地轉述給真治。

「妳傻了啊。」真治卻罵了她。「老師這句『在家休息』，是說給那些成績好的學生聽。小翼已經在落榜邊緣，休假念書是最後的機會，他只能趁休假追上那些悠哉休息的對手啊。」

圓佳聽完，認為真治說的也沒錯。

「我小六那年暑假，可是天天念書念十四個小時。念得這麼猛，結果去補習班還是常常被老師痛揍。」

真治表示，那年代的補習班講師對偷懶的學生又打又踹，是家常便飯，甚至說「連自己老爸都會動手」。而且真治居然認同父親、講師動粗。他曾語帶感激地說，老爸、補習班老師當年如果沒有揍他，他一定所有學校都落榜。考不上私立中學，就只能進當地那間龍蛇混雜的國中，甚至只會考上低標的高中、大學。到時候，他的年收入大概不到現在的一半，可能無法結婚、買房、養孩子。是因為他在懵懂無知的時候，被長輩硬塞進能力不錯的同儕之間，才造就現在的他。

小翼就像那個時候的真治，他還什麼都不懂。現在這個時期，補習班應該要全力鞭策學生，但現代補習班的講師都是膽小鬼，只能由父親當壞人了。真治自己忙得半死，與其照顧一個不知天高地厚的偷懶小鬼，他更想在公司培育部下。但是自己的兒子面臨人生分歧，他哪能眼睜睜看著兒子往坑裡摔。做父親的不動手推他一把，還有誰願意動手——

父子只花五分鐘快速吃完午餐，又開始面對書本。他們說這次要考算術。圓佳洗著盤子，心跳微微加速。算術最容易勾起丈夫的脾氣。

過不了多久，真治突然大吼：

「喂，手——不——要——停——」

小翼肩膀猛地一跳。

「你停在那裡幹什麼！我不是說過，看不懂題目，就把圖畫出來！萬一明天考試出了這題怎麼辦？到時候你就僵在那邊跟題目乾瞪眼！不就是計算十四頭牛，在十一月整月吃了多少草？十一月有三十天啊！你不會乘法喔！」

小翼動了動鉛筆，又停下手。

「你光看就會知道答案是不是？你有這麼天才喔？啊？」

小翼想寫字，手又僵住了。

「你就是個普通人！凡人！凡人就是不管三七二十一，先動手寫再說！」

真治每罵一句，圓佳彷彿胸口被劃了一刀又一刀，痛不欲生。

「動筆！動筆！快動筆！」

圓佳默默出了客廳，走向浴室。她把換氣機開成強風，拿起海綿，沾上清潔劑，開始刷洗浴缸內側。浴室沒有窗戶，隱隱散發霉味。額頭滲出汗水。她沖洗浴缸的泡沫，接著拿蓮蓬頭沖過淋浴區，拿起刷子刷洗。她細細地刷過每一塊瓷磚，簡直要磨平那些縫隙。

她不知道刷了多久。呼吸總算恢復平靜。她洗浴室洗得一身汗，乾脆順勢沖了澡。吹乾頭髮，換了衣服，情緒也平復下來。

豎起耳朵聽了聽，已經聽不見怒吼。他們做完算術了。圓佳安心地打開客廳門。

「很好！」

真治突然一吼，圓佳嚇得渾身一跳。

「你想做就做得到啊！」

他這次吼是在稱讚。但是小翼的背影一動也不動。

「這樣就對了。有好好動筆寫，也有檢查。你其實很行的，不要偷懶，好好解題就解得出來。」

圓佳長吐一口氣，接著——

「……阿真。」

她趁著丈夫心情好，主動搭話：「你不是說下午想出門一下？」

「嗄？」

「你一直陪小翼讀書，也會累。應該出門散散心。」

圓佳努力保持和善。

「居然都這麼晚了。也是，現在正適合當斷點。那我去練揮桿，小翼，你就趁我出門的時候，算那些數字不同的相同題型，能算多少就算多少。」

真治對小翼說。小翼稍稍鬆了口氣，問：「做這些題目就好了嗎？」

「你就是這一點不好！」

真治再次變臉，圓佳的心臟跟著一緊。

「什麼叫做『做這些題目就好了嗎？』，你就是這麼懶散，才像個廢物！一直這麼廢！算術做完了，還剩國語跟社會。你明天開始就要去上衝刺班，不趁今天做，哪來的時間？」

「啊，對喔。」

「還『對喔』咧。你好好思考自己該念什麼，打起精神，好好寫題目。不要馬上就給我看解答。先試著重新解解看，真的解不出來，再去看解析看到懂。」

小翼低下頭。

「我之後會檢查你的筆記，不要混啊。好，圓佳，我去高爾夫練習場打個球。」

圓佳鬆口氣，點了點頭。她衷心希望丈夫打完高爾夫，能徹底發洩完壓力，又慣性說了句：「記得晚餐之前回來。」

「我不會打這麼晚。」

真治笑著站起身。圓佳等丈夫準備好出門，在大門送走他，從門內上了鎖。

回到客廳一看，就是兒子小小的背影。他仍繼續努力面對課本。

「小翼，你累不累？」

圓佳問道，倒了杯麥茶，放了幾個冰塊，把茶杯放在小翼手邊，接著坐到他對面。

她登時愣住。

「小翼，頭抬起來。」

小翼仍趴在筆記上寫題目。難不成……圓佳訝異地心想，喊了兒子。小翼瞥了圓佳一眼。

「你的臉怎麼了？」

小翼聞言，隨即低下頭，把臉藏住。

「是爸爸打的？」

「……又沒關係。」

兒子冷漠地說，又拿起鉛筆繼續寫字。他有一邊臉頰發紅了。

「小翼，告訴媽媽，是不是爸爸打你？」

「放著就好。」

「怎麼能放著？等爸爸回來，媽媽會跟爸爸談談。」

「咦？」

小翼聞言，繃緊了臉。

「不要！我又不痛，爸爸也道歉了……」

「可是……」

「妳不要管啦！絕對不要跟爸爸多嘴喔。」

圓佳見兒子態度拚命，不知該如何回答。

「媽媽就是要說，對不對？」小翼狠瞪著圓佳。「妳如果跟爸爸多嘴，我一輩子都不會原諒妳。」

「從之前到現在，爸爸在媽媽看不到的時候，打過小翼幾次？」

「一次都沒有啦！妳絕對不可以跟爸爸說這件事！」

「為什麼不可以說？」

「妳要是罵爸爸，爸爸就不會再教我功課了！」

小翼的雙眸湧出淚水。

圓佳語塞，嘴脣內側幾乎要咬出血來。

她知道兒子不應該挨打，這是錯的。但是，真治以前的話掠過腦海。

——我不盯著他，他會越來越墮落。

「……好，那你稍微休息一下。要不要吃冰？」

小翼愣了愣，先是面露喜色，隨即又轉為緊繃，望向大門。

「爸爸還不會回來。」

圓佳勸道，小翼卻微微搖頭。

「我至少先做完數字不同的題型，我寫完再吃冰。」

「小翼，你還好嗎？」

「什麼還好?」

「天天讀書很辛苦,對不對?爸爸……又讓你很害怕。你其實不想再念書了,對不對?」

圓佳一說完——

「煩死了!」

小翼的語氣忽然變得粗魯。

「媽媽一直打擾我!妳走開啦!」

「打擾」,圓佳聽見這個字眼,頓時心一寒。自己也許很礙事。看看小翼,他這麼有幹勁,又信任父親,萬一自己隨便多嘴,害他至今累積的成果毀於一旦。

——小翼其實頭腦很好,就是對自己太好,沒毅力,愛偷懶。所以他才會作弊。不能寵他寵過頭,要有一個經歷私中考試的大人好好矯正他、指導他,不然他只會越來越墮落。

真治之前說過這番話。圓佳記得小翼的偷懶態度,更深知他的軟弱、狡詐。

圓佳沒經歷過私中考試,也會輕易寵孩子。

現在是小六暑假。他們已經努力到今天。這個夏天,會成為小翼這一生的「勝負關鍵」。真治只是太急切,偶爾會失控動手,但只要能幫兒子多爭取一分,這點犧牲也算值得。就結果而論,這對小翼有益處。

「可是,小翼……」

「啊啊啊啊啊啊啊啊啊啊！」

小翼忽然猛甩頭，放聲怒吼。

「吵死了！妳明明知道明天是什麼日子！」

明天是星波的公開模擬考。這次考試會以分數判定成績，真治把一切賭在這次模擬考，兒子也是嚴陣以待。

「啊啊啊啊啊啊啊啊啊！」

小翼用力抓亂頭髮。圓佳還沒說任何一句話——

「閉嘴！媽媽閉嘴！妳什麼都不懂！閉嘴！閉嘴！」

他嘶吼著，掃掉桌上所有東西。鉛筆盒掉下來，喀啦喀啦響。茶杯倒了，最後一點麥茶滴流到地板。

「對不起，小翼。對不起。」

圓佳慌張地蹲下。這不是小翼第一次爆發。每次都是趁真治不在家，他只在圓佳面前發飆。圓佳想趕快擦掉飲料，但是自己現在隨便亂動，兒子也許會更加發狂。小翼還沒變聲，再怎麼怒吼都嚇不了人。可是圓佳很怕他。小翼現在只是拿東西發洩，之後也許會對母親動手。孩子對父母家暴，圓佳原以為這種事離自己很遠，但她已經不知道未來會演變成什麼樣。她現在必須軟硬兼施，想辦法讓兒子讀書。明天的模擬考很重要。她非得讓兒子好好寫完真治出的功課，成績好一點是一點。

「好，知道了，媽媽會閉嘴。讓媽媽收拾完，媽媽就走開。」

圓佳婉言安撫兒子，離開客廳。之後小翼忿忿地踏地踏了好一陣子，聽得見「咚咚咚」的聲響。好不容易安靜下來，再過一段時間，真治回家了，父子倆的考前衝刺特訓一直持續到半夜。

為什麼小翼的成績會退步這麼多？真是太詭異了。兩年前的夏天，他好歹考進全國統一學力測驗的決賽，就算只有一次，也拚進去了。不過短短兩年。

短短兩年？大人的兩年，和小孩的兩年不能相提並論。

決賽過後的兩年，小翼的內心產生巨變。不對，也許早在決賽之前，有些陰霾已經一點一滴侵蝕小翼。

說到狀況是從何時開始生變，就是五年級的那段時期。入夏前夕，圓佳的母親出了車禍。她從團膳工廠下班，冒雨騎腳踏車的時候，車輪被細溝絆倒。她扛起照顧圓佳外婆的責任，同時負責副理工作，身體早已疲勞不堪。她完全不記得自己摔倒，是路人經過幫她叫救護車。

不幸中的大幸，圓佳的母親沒有大礙，但她以前腰就不好，這次摔傷導致腰部需要動手術，於是母親住院期間，圓佳不時要搭兩個小時特快車，隨車晃回娘家幫忙家務。圓佳的父親會自己做家事，在同齡人裡比較少見，但他退休後又去當兼職大樓管理員，沒時間照顧祖母。母親出院後，圓佳要協助母親復健，還要跟父親、姨媽一起分攤照顧祖母、尋找托老中心，沒時間盯小翼功課。她請婆婆幫忙照顧兒子，一整個學期裡一人往來兩個家庭，每週一次，多的時候每週兩次。

話雖如此，圓佳不認為自己疏忽小翼的課業。她每天寫了大量便條，叮嚀兒子該念什麼地方。每天早上在講義各處貼上便條，出好作業才出門辦事。小翼有去補習班上課，她一定會檢查小考分數。晚歸的時候會拜託婆婆照顧小翼，補習班有課的日子，圓佳也會到最近的車站接兒子回家，一次都沒少。

婆婆不太擅長煮飯，平時似乎是去百貨公司買便當，家裡總會多出一些塑膠垃圾。婆婆買了很多好吃的請小翼吃，像是鰻魚飯、牛排蓋飯，但小翼不太提起婆婆。反倒是婆婆常常抱怨小翼，舉凡看他中午趴在桌上睡，叫他起床會發脾氣；常常用力踩地板，踏得咚咚響；或是念書不專心、講話沒大沒小、吃飯會剩蔬菜……婆婆的碎碎念總是一大串，「誠治、真治小時候念得更認真。」、「圓佳，妳不好好盯著小翼，他以後會沒藥救啊。」然而圓佳每次向小翼確認，他都有乖乖寫完圓佳指定的作業。

圓佳母親狀況好的時候，也開始對圓佳嘮叨。她見圓佳動不動打電話關心小翼的學習進度，要圓佳別盯兒子盯太緊。母親以前在工廠工作，一邊念書考上營養師執照，她深知努力的重要性。她知道念書有意義，卻不明白現代私中考試競爭多激烈。慶祝小翼出生百日那天，圓佳母親聽見婆婆那句「給孩子一流的教育」，至今仍十分掛心。「不管是一流、二流的教育，都不能逼著孩子念書啊。」圓佳聽母親這麼勸，回了一句「我知道」。「我以前從來沒逼著妳讀這個、讀那個……」「媽妳不會懂的，少說兩句！」「可是圓佳……」「妳光會嘴巴念我，是能幫我什麼？能讓小翼成績進步？能送小翼進他想去的學校？我現在整天花時間照顧媽，媽就是小翼的絆腳石。妳懂不懂？」

母親日後再也沒提過建議，唯獨那天離別之際，母親最後仍擔憂地叮嚀一句，不要被東京的教育方式影響太深。「東京的教育方式」，是指公公婆婆的教育方針？還是包括「H」在內，現代這種需要考試進中學的方法？無論是哪一種，圓佳比起關心自己被外在影響，更重視內心的責任感。她非得拚命培育小翼不可。

五年級的暑假，她趁著夏季班的中間空檔，和小翼一起回娘家，當然也帶了許多講義。電車上、娘家裡，她都讓小翼保有充足的讀書時間。只有圓佳陪伴長輩掃墓、找托老機構，小翼大多時間都待在圓佳的娘家念書。她無論如何，都以確保兒子的讀書時間為優先。

特快車來回的車票很昂貴，圓佳也漸漸累了，總算在夏天尾聲找到適當的托老中心，讓祖母入住，母親也有能力自己處理生活雜事。圓佳心想，自己總算撐過這段走鋼索般的日子。這段時期，寫了非常大量的「必做作業」便條，小翼一題不漏，全都做完了。

也因此，直到夏季尾聲的家長說明會後，加藤請圓佳到單獨房間會談之前，她根本沒意識到發生了什麼事。

「小犬平時受您照顧了。」
房間的門關上，空間成了密室，儘管圓佳察覺氣氛有異，仍笑容可掬地問候。
夏季班的分班測驗，小翼再次回到四天王一班，有十足的權利受加藤關照。圓佳暗自猜想，補習班也許打算針對有潛力進決賽的學生，開辦下一次統測的特別衝刺班。然而加藤坐在圓佳面前，一本正經，低聲請圓佳就坐。他的眼神比當年的家長說明會上更鋒利。學生到了五年級下學期，老師也會跟著神經緊繃？
「您看過定期小考的成績了？」
加藤詢問圓佳。
對方低沉的嗓音、嚴肅的眼神，讓人不禁心跳加速。
「看過了……」
圓佳謹慎地點頭。
「他作答的時候總是很焦慮。」
加藤說道。
「都怪我指導不力。現在我們就好好面對現實，重新打好基礎。小翼很有潛力，我會在升小六之前，想辦法帶他提升成績。」
「呃……」
圓佳只有不好的預感。她想問這話是什麼意思，卻問不出口。定期小考只需要考到八十分左右，但小翼的成績明明維持在九十分上下。

「我考慮過幫小翼重新分班，但問題似乎只出在算術。假如您願意，我認為可以為小翼安排『Bestteam』的課程，重新打基礎。」

「Bestteam」是和「H」合作的補習班，會按照「H」的課程進行個別指導。當然，也會收取教學費用。

「但是外子可能……」

那需要收多少錢？圓佳還能勉強湊到，但真治一定會反對。

「這只是一個建議。但升上六年級之後，課程會以模擬入學考試為主，我認為應該在升小六之前亡羊補牢。」

「不好意思，請問……」

「小翼的媽媽，沒關係。這種事其實是家常便飯。小翼絕對沒有錯，請別太責怪他。」

加藤的語速莫名加快，眼神多了分沉痛。

「我和其他科目的老師確認過，小翼其實成績很不錯，尤其是國語的簡答題，答得很好，自然、社會也很努力。唯一出問題的只有算術科，都是我指導不周。」

圓佳一想起接下來聽見的狀況，內心仍沉重如鉛。

她回到家，翻出算術至今所有的定期小考答案卷，重新檢查。定期小考是在課堂最後進行，學生會和隔壁同學交換考卷，幫對方改考卷。圓佳起了疑心，拿起橡皮擦擦了擦，「98」的紅字分數隨即消失。果然，是可擦拭原子筆。她內心閃過一連串推測和自我否定，仔細觀察小翼的字跡，找不到擦掉重寫的痕跡。但是檢查了試卷，後半部的題目，答案卷上明明寫了正確答案，試卷上卻沒有任何計算過程的筆跡。小翼竄改了自己的答案。

圓佳又繼續翻找之前的定期小考。夏季班期間，七月、六月……隨著時間回溯，小考的答案卷上一點一滴出現變化。答案帶著許多擦掉重寫的痕跡。重寫之後的答案畫了紅勾勾，用的也是可擦拭原子筆。

夏季班之前的考卷答案還很好懂，第一次寫的答案痕跡很清楚。然而入秋之後，漸漸看不出竄改痕跡。是他考前就計畫改答案，乾脆空白？或是一開始字就寫得很淺，方便之後修改？而小翼看準某一個同學都用可擦拭原子筆改分數，特地每次都坐在他旁邊——

圓佳想到這，起了一個疑問。小翼每次分班測驗的算術成績都非常高。分班測驗的難度比定期小考難更多。假如他定期小考都考得這麼差，怎麼會……

這時，圓佳腦中浮現一句話。那是以前「東大爸比」寫的文章。

〈聽說很多孩子受不了父母壓力，只好作弊求成績……〉

她想起這句話，竟然無法當作無稽之談，反而因此受了點打擊。

圓佳差點跪倒在地。兒子從什麼時候開始作弊？腦中浮現一句冷冷的質問，恐懼隨即湧上心頭。

四年級夏天的統測，他能考進決賽，也是作弊得來的？

但統測是用電腦閱卷的答案卡，不可能做小動作。他當時的成績出自實力。儘管理智明白真相為何，全身仍如同中邪，顫抖不止。她回家路上不停催眠自己，只有算術、只有算術。加藤說小翼在其他科目並沒有作弊。圓佳不知道老師說的是真是假，但她只能依賴這句話。

當天小翼回家後，圓佳問起這件事，他隨即臉色大變。看來加藤早就和他談過，並且鄭重告誡。

只有我不知道真相？

兒子明知繼續作弊，假裝自己有好成績，反而會被同儕越拋越遠……

小翼聽見這句話，登時變臉。

「我要告訴爸爸。」

「不可以！」

小翼喊得淒厲。

「這麼嚴重，怎麼可能不告訴爸爸！」

小翼的臉色慘綠，全身發抖。

圓佳嘴巴說歸說，但她不打算向真治坦白。她只是知道，搬出真治就能威脅兒子。

她看小翼嚇得發抖，心生憐憫，但她絕對不允許兒子作弊。

「媽媽簡直不敢相信。你這孩子怎麼會考試作弊？太讓我傷心了。你一直作弊，課業也不會變好啊。」

「我知道。」

「你知道，都知道了，為什麼還敢作弊！」

「我不會再犯了！千萬不要跟爸爸講！」

小翼哭著喊道。

這孩子冰雪聰明，理應明白自己的舉動有多空虛、沒意義。圓佳原以為做媽媽的得知真相之後，兒子應該不會再做蠢事。

然而，小翼卻再犯了，而且是在挨罵之後隔一週。圓佳把定期小考卷的答案全都擦掉，讓小翼當場重考，他完全解不出來。他只記得答案，卻不知道解法。

圓佳還記得，自己當下又是發狂又是嘶吼。她當時還直接撕爛定期小考的答案卷。

「你考統測也作弊，對不對！」

「沒有。」

小翼原本故作平靜，這時卻突然眼眶帶淚。

「你騙我，我不信。」

「我沒有作弊！」

「那場決賽也是作弊考出來的！」

一股強烈衝動席捲全身。圓佳抓起眼前的講義，扔向兒子。她還扔了筆記。小翼臉色發綠，怯懦地望著母親。圓佳訝異自己居然動粗，卻停不下手。其他的講義、筆記本、鉛筆盒，桌上有什麼就丟什麼，彷彿這股衝動理所當然。圓佳最後甚至伸手去拿餐具架上的決賽參加紀念獎牌——

「不要丟！」

小翼大喊著，緊抱住圓佳的腰。

兒子的體重突然壓上來，圓佳一陣搖晃，跌坐在地。

「好痛！不要抱！」

她甩開兒子，彷彿要逃離可恨的人物——

「你做這種事，丟不丟臉啊！加藤老師早就識破了！人家根本一清二楚！」

她大吼。

小翼不停抽泣。

「你給我去『Bestteam』上課！『H』的班級也改成符合你現在的程度！看是難關五班、難關六班，隨便都行！比小颯更低也無所謂！我要讓你降級！」

「我……我不要……」

「我要讓你去比小颯更低的班級！如果你都不要，乾脆不要上補習班，也不要考私立中學了！」

圓佳一再重複，哭得像個孩子。小翼也哭了，不停泣訴，自己一定要考私立中學。母子不停對彼此哭吼著。

「對不起……對不起……」

「你要道歉，就給我發誓，下次定期小考絕對不作弊。」

「我……我發……誓。」

小翼啜泣著，用力點頭。

「那這真的是最後一次機會了。你再作弊一次，我就請老師把你降到比小颯更低的班級去。」

圓佳很清楚小翼的心思。小翼從小二最後一學期開始，就在「H」努力這麼久，颯太郎卻後來居上，他肯定屈辱難耐。圓佳利用兒子的羞恥心，威脅兒子，逼他進「Bestteam」。一個母親，要擊潰十一歲兒子的自尊心，易如反掌。

然而真治聽見「Bestteam」的學費之後，隔著螢幕極力反對。

「我已經每個月花三萬送他去『H』上課，何必再加一堂個別指導？推銷推得太猛了吧？妳就回他一句，他想叫我們去哪生這筆錢？就算有，要花也是花在六年級，五年級就花這麼大筆，騙鬼啊。」

圓佳早就料到真治的反應，但真治並不知道，他們已經無路可退。

「我去工作，我來付。」

「不是誰去工作的問題！我是說不需要花這筆錢。兒子現在不是待在最高級班？他繼續維持現在的成績不就得了？」

圓佳說不出口，小翼現在的成績只是一場騙局。

「下一次統測快到了。他如果能再進一次決賽就好了。妳之前說考試是文化日休假那幾天？我那時候比較難回日本一趟……」

圓佳開始認真考慮去工作。千夏在麵包店工作；颯太郎進了「H」之後，優希正巧在同一時間開始去超市當收銀員。圓佳看過那間超市的徵人啟事，時薪一千圓。「Bestteam」一個小時要花五千圓。小翼上一個小時課，就燒掉圓佳站收銀臺五個小時的薪水。

圓佳決定動用存款。外祖母幫圓佳存了一筆錢，以備不時之需。就用那筆錢讓小翼上「Bestteam」的課。自己也去找工作，為了那孩子，不遺餘力。

她決定不依賴丈夫之後，心情反而清爽許多。她一邊翻看徵人啟事，一邊在網路上發出「Bestteam」的入班申請。

於是，夏季尾聲的全國統一學力測驗，小翼的綜合偏差值來到五十七點零。

成績證明小翼並未如圓佳的擔憂，在靠考試中作弊。聽說小翼被排在最前排的邊緣，沒辦法偷看別人的答案。之後圓佳詢問過加藤，這個分數確實就是兒子現在的實力，她反而冷靜接受了。兒子至今參加過的全國統一學力測驗中，這一次的分數最低，曾經入圍決賽的考生是否有人退步到這種程度？圓佳想都不敢想。不過，基於這次分數安排後的新班級，勉強落在難關二班。小翼曾經來過這個班級。也許這裡才是這孩子應有的位置。圓佳依稀想起，政德中學的第一次入學考試，偏差值也落在五十七。

之後，過了九個月。

小翼現在隸屬於四天王六班。他升上六年級，四天王班增班到六班，難關班也增班到十二班。現在首都區參加私中考試的孩子逐漸增加，「H」花岡寺校現在的學生人數，是開校以來最多的一年。

全分校總共十八個班級，小翼入列前三分之一。但是加藤只負責四天王六班以上的算術課程。換句話說，小翼只要跌到難關一班，就無法接受加藤指導。夏季尾聲的分班測驗最為重要，圓佳認為必須請真治協助。

真治今年年初調回國內任職。他開始盯著小翼讀書之後，小翼的成績多少恢復水準。

真治回國後，把小翼的掌上遊戲機扔進了浴缸，圓佳至今依舊記憶猶新。小翼四年級的時候，圓佳買了那臺遊戲機，當作他入圍決賽的獎品。遊戲機看起來不太常玩，但幾個遊戲留有紀錄。說起來測驗前，圓佳還是允許兒子玩遊戲，只是有限制時間。最近一次分班結果，小翼的成績稍有起色，但真治不知道至今的種種經過，怒不可抑。有一次，小翼打遊戲稍微超過規定時間，真治直接把遊戲機甩進放了水的浴缸。圓佳目睹遊戲機吐著小小氣泡，沉進浴缸底部，不禁覺得可惜。與其把遊戲機弄壞，不如讓她上網拍賣換點錢。圓佳今年開始在五金百貨工作。

「喂，你給我過來坐下。」

真治當時把小翼叫來。

圓佳正想從浴缸拿出遊戲機，真治卻說：「那玩意就放著，妳別管。」真治的怒氣嚇得圓佳往後退了幾步，站在脫衣間的門前，俯視真治和小翼。父子倆面對面，坐在狹窄的空間，接著——

「小翼，你只剩一年就要大考了。你也是個男人，我要你現在決定自己的人生。」

真治說完，在小翼面前分別豎起右手和左手的食指。

他先比了比右手——

「這一邊是一流的人生，代表你從今天到明年二月一日，必須拚死讀書，考進星波，之後和一流的同伴攜手飛往世界中心。」

接著比了比左手——

「這一邊，代表你從現在起放棄私中考試，直接進公立中學。你必須考高中考試，還得考英文和數學。而且星波是完全高中，你不可能中途插班，這輩子都跟星波無緣。」

真治說道。

小翼的肩膀隱隱顫抖，不停抽搭。

「你自己決定要選哪一邊，現在就選。」

圓佳低頭望著小翼的頭。她看不見兒子的表情，但是他深吸了兩口氣，緩緩舉起自己的手指，指向真治的右手。

「當真？」

真治雙眼充血，質問兒子。

兒子用力點頭，小巧白淨的髮旋動了動。

「那你就握住這隻手指。」

真治說。

他見小翼不知所措，又怒吼道：「你把你的決心灌注到手上，用力握緊！」小翼渾身一跳，伸手握住真治的手指。

「用力！」

「唔……」

「再用力！」

「好……」

「聽好！不要忘記你現在這麼用力握緊爸爸的手指！你自己決定了！所以爸爸也下定決心！要把你擺在工作前面，優先幫助你考試！之後就由我來教你功課！我絕對會讓你考上星波！所以你不可以抱怨！你要是偷懶、說大話，爸爸就不管你了！聽到沒有！」

真治的嗓門極大，圓佳嚇得縮起身子。鄰居會不會也聽見真治大吼？

兒子肩頭發抖，放開了手指，抽抽搭搭地說：「我會努力。」

當晚，夫妻兩人待在寢室——

「那小子握得真用力。他總算要認真用功了。」

真治咧嘴笑著說。圓佳聞言才察覺，自己拒絕回憶當時的景象。一個父親，讓兒子哭哭啼啼地握住自己的手指，看起來莫名滑稽，卻又有幾分詭異、引人不安。當下整個空間瘋狂到令人痛心。

「阿真都說到這個分上，小翼一定明白你的苦心。你們要從現在開始衝刺了呢。」

圓佳嘴裡這麼說，卻不願再想起兒子當時的模樣。

這孩子的成績原本很優秀，是因為自己沒有能力指導他，才會退步到這個地步。婆婆、真治也都指責圓佳。

儘管只是小學課程，圓佳卻完全不懂算術。但是真治經歷過私中考試，他可以直接教會兒子。小翼進了「Bestteam」之後，課業完全沒起色，終究退班了。真治親自幫兒子上課，就能省下個別指導的學費，多存點錢。更何況，小翼是真治的兒子，他一定比外頭的講師更賣力。

「有阿真在，家裡就像有千軍萬馬呢。」

她願意貶低自己，只為激發真治的幹勁。

只要真治願意好好教導小翼，她什麼都願意做。

當時的自己真心這麼認為。

暑假結束，第二學期開課。圓佳在五金百貨的打工時間，從每週三天增加到每週四天。

五金百貨就在國道附近，騎腳踏車大約十分鐘路程。今年初，她看到五金百貨貼了「急徵收銀員」的告示，主動問了店員，迅速面試完，當場就錄取了，之後她就一直在這裡工作。

雖然當初是應徵收銀員，但等圓佳熟悉收銀工作，店裡已經引進自助結帳機，之後圓佳變成看到什麼做什麼，商品補貨、上架、協助客人找貨、整理賣場環境。行政辦公室有時會拜託圓佳寫促銷的ＰＯＰ，她甚至學會訂貨流程。這份工作必須在寬廣的賣場走來走去，有時回答不出客人的問題、待客不周，會被客訴。但是炎熱夏天可以在冷氣房工作，又少了煩人的職場交際，很輕鬆。時薪比千夏工作的麵包店高了一百圓，還能用員工價購買日用品。

而且她上班期間，可以忘記小翼的私中考試。

今天店裡要補貨，她比平時早了一個小時上班。從行政貼出的工作表，確認自己的工作範圍，圓佳今天的記號是「日」，也就是指定她負責日用品區。倉庫的商品分為兩大類，一類要用籠車，一類是放輛車搬運。輛車、籠車又各有兩種類型，用哪種搬運工具搬運哪種商品，大致上已經安排好，但日用品區的商品較小，多半使用輛車。補貨期間正好碰上開店時間，客人三三兩兩進了店裡。

圓佳整理著商品，心想差不多要午休了。就在這時——

「不好意思。」

有人向她搭話。

「請問溼紙巾放在哪裡？」

圓佳正巧剛補完溼紙巾，心裡一喜，出聲要領著客人過去，赫然一驚。對方帽簷拉得很低，她沒有馬上發現，但——

「楠田太太？」

她喊了一聲。

「哎呀。」

楠田望向圓佳。

「妳是……呃……」

她詫異地眨了眨眼。

「我們在四小的紀錄交接會上見過。」

「啊，是當時的太太。不好意思，請問您的名字……」

「敝姓有泉。我兒子今年已經升六年級，明年就要參加私中入學考了。」

圓佳說著，望向楠田。

她本來以為提到「私中考試」，對方會馬上反應過來，然而楠田卻明快地回答：「時間過得真快，我家孩子已經升國三和高一了。」現在的楠田比之前在餐廳見面時，表情更豐富，也更和藹可親。楠田的明亮神情吸引了圓佳，她下定決心，開口問：「請問……」

「下次要不要一起吃午餐？」

兩人都還在上班，自己在胡說什麼？而且這邀請提得突然，楠田隨即面露疑心。

圓佳內心一急——

「您之前提過，您在附近的客服中心上班……中午還可以溜出公司。我也可以中午偷偷外出用餐。」

她連忙補上這句。

楠田這才聽明白，點了點頭。

「真虧妳記得，我現在也是中午偷溜出來。午休可以休息一個小時，我們頂多去旁邊的 Angels 吃飯，可以嗎？」

圓佳鬆了口氣，不由得雀躍起來——

「當然、當然，太好了。我很想請教您應考的事。我家孩子成績退步很多，之前去考第一志願的公開模擬考，成績也好悽慘！」

圓佳答應得很輕鬆。但她有供薪的休息時間只有三十分鐘，很難中午溜去餐廳吃飯。但既然能和楠田約見面，她決定當天乾脆把班各自排在上午班和下午班。雖然這麼做會少領午休時的時薪，但她無所謂。

正當圓佳暗自盤算——

「但是我家兩個孩子最後都沒有考私立中學，其實沒什麼值得請教的。」

楠田卻這麼說。

「咦？您之前不是說，至少想讓小兒子去讀私立……」

「小兒子在六年級的夏天，決定不考私立中學了。我當時也很嘔，為什麼偏偏這麼晚才放棄，真想叫他把浪費的錢還來。」

「對不起。」

圓佳下意識道了歉。「何必道歉？」楠田太太卻笑著答：「這麼說來，我以前的價值觀也和有泉太太一樣，大概能明白妳為什麼想道歉。」

價值觀和有泉太太一樣。圓佳聽到這句話，內心閃過一個念頭。她不知不覺間，已經走了這麼漫長的一段路——就讓他挑戰看看，讀得太辛苦再放棄就好了。她差一點就回想起自己的初衷。然而，楠田卻爽朗地笑道：

「我大兒子最後還是從四中升上五年制專科學校。小兒子接下來要考高中大考了。」

圓佳聞言，更是內疚，五專……也就是說，楠田太太的大兒子考不上一般高中？圓佳不知道該怎麼回應，只能低著頭，諾諾答話。楠田倒是滿不在乎，俐落地確認聯絡方式。兩人在很久以前的交接會上交換過LINE，兩人都沒有改過ＩＤ。之後，圓佳帶楠田來到溼紙巾區，楠田拿了幾包紙巾，露出爽朗的笑容，道了謝，自己走向結帳臺。

圓佳當天回家第一件事，就是從寢室床下的塑膠收納盒，拿出一本書封發皺的軟皮書，正是那本《溫媽媽×泉太郎：私中考試是什麼？食物嗎？～「溫吞」母子，愛與青春的每一天～》。

光滑的書封，印有溫媽媽的肖像畫。圓佳凝視著圖畫。溫媽媽裹頭巾、戴眼鏡，泉太郎則是額頭畫了一個溫泉記號，留著小平頭。圓佳回想剛才見到的楠田太太，她頂著一頭長捲髮。插畫和楠田太太一點也不像，為什麼自己會把她們當成同一個人？不知不覺間，時光流逝，楠田太太曾經那樣推崇私中考試，卻早早放棄，讓孩子升上公立國中。

圓佳腦中關於這本書的回憶，就是書籍剛發售，「東大爸比」在討論區寫下的讀後感。

〈曾幾何時，一個班級裡，只有家境富裕的孩子和真正聰穎的孩子，會去嘗試私立中學考試。如今卻有一堆規矩都學不好（例如常常忘記帶東西、上課前不回座、課堂期間不好好坐著、不做作業、在教室亂丟垃圾……）的小猴子，喔不，是小孩子，一個個束起領帶，走進私立學校校園。本書把前述狀況如實化作一齣紀實連續劇，十分值得一讀，稱得上非常珍貴的資料，令人深思日本的未來。〉

某個匿名網友氣沖沖地大罵：「你堂堂為人父母，竟敢辱罵別人的孩子是猴子？」又有別的網友隨即譏笑：「猴子就是猴子，這麼說也沒錯。」反駁、叫好、批判、抹黑……討論區亂成一團，圓佳卻追著八卦，看得津津有味。

這本書之後大賣，越來越多人讀過之後，徹底掩蓋「東大爸比」這類人的感想。「H」的學生家長所待的圈子，其實極為狹窄。社會上大多數人，只是單純想鼓勵孩子的努力。

書籍太受歡迎，當時所有購書網站統統缺貨，圓佳是偶然在花岡寺站前的大型書店找到這本書，當時正是小翼的三年級學期尾聲，他的成績一飛沖天。

圓佳還記得，自己是在全國統一學力測驗決賽的空檔，坐在會議中心的座位上讀這本書。

說實話，圓佳當時的讀後感，和「東大爸比」差不多。她越讀越無聊，甚至懷疑網路上為什麼異口同聲地給出**〈引人共感！〉**、**〈動人心弦！〉**、**〈賺人熱淚！〉**等評價。她至少翻看到最後，但腦中閃過楠田太太的臉，感想也只有一句「孩子這麼難教，真辛苦」。

她沒打算重讀，也忘記之前讀過的感覺，於是她基於一點點好奇，翻開了書本。

緊接著——

不知道過了多久？

圓佳忽然驚覺，眼前的文字一片模糊、扭曲。

眨了眨眼，文字彷彿和紙張糊在一起，再也看不清。

泉太郎不會寫題目，卻不自覺假裝自己會寫；偷偷照抄題庫解答；窩在書桌前再久，成績仍搆不著平均值；他寫錯一題正確率百分之九十九的題目，被溫媽媽調侃說，這裡有一個人是那個會寫錯的百分之一；升學補習班的課程對他而言，恐怕如同外星語言。泉太郎只能傻傻讓聽不懂的課程左耳進，右耳出，被所有同學知道自己的成績是全班最爛，老師也可憐他。他活在這種世界，只能逃避現實。他躲起來玩遊戲，一玩再玩，整個人像是漸漸沒入沼澤……某天，溫媽媽發現泉太郎登入遊戲的時間莫名地長，兩人談著談著，不禁敗給湧上心頭的情緒。溫媽媽哭喊著，痛揍了泉太郎。「你就這麼想玩遊戲！我問你，你就這麼想玩遊戲！你這白痴！」泉太郎被打得蹲在地上。「你玩遊戲玩這麼久，居然才七十八級！」溫媽媽打擊泉太郎的痛點。「連玩遊戲都玩得這麼爛！」泉太郎聽到這句，終於動手反擊。母子打成一團。連空氣清淨機的面板都摔碎了。溫媽媽文章裡的「空氣清淨機破壞事件」，就是發生在這次互毆。當晚，連同幾乎不干涉兒子私中考試的父親，全家人開了家庭會議，直到深夜。一家人決定，下次測驗若是沒達到目標分數，就放棄考私立中學。泉太郎從此發憤圖強……想歸想，他仍然缺乏專注力。他挖鼻孔，把鼻屎排在桌上，被溫媽媽恥笑說：「這裡有一個大雄。」當他們知道分數依舊沒達標，母子再次槓上。兩人當時手裡還拿「武器」。溫媽媽手持吹風機，泉太郎抄起水壺。亂鬥開始！「你不准考私立中學！」「我不要！」「你答應我們的，給我放棄！」「不要！我不要放棄！我想讀私立中學！」「不准！你自己答應的！」「我不要！我不要放棄！」「我不准你考試！」「我要考！」「不准！」「我想考！」泉太郎哭腫了眼，不停泣訴自己想考試。這孩子明明這麼笨，根本考不上任何學校，為什麼還笨到不懂放棄？溫媽媽哀嘆著。這時她第一次靜下心詢問兒子：「為什麼你這麼想考試？」答案簡單明瞭。「因為同學都知道我要去考試。」「嗄？就這樣？」溫媽媽聽到傻眼。「就因為這個原因？」泉太郎點了點頭。「你是因為朋友才去考試啊！虛榮鬼！你是為了別人去考試！」泉太郎眼眶飽含淚水，全力吶喊：「媽媽自己也是！如果我考了一所好學校，妳也能跟別人炫耀！反正妳也是因為這樣才讓我去考試、去考私中考試，對不對！」

圓佳再也讀不下去。

如果只把事實羅列成文字，這一家人的經歷著實壯烈。然而透過溫媽媽幽默逗趣的文筆，處處夾雜吐槽，故事讀起來輕快有趣，就連「空氣清淨機破壞事件」，也不讓讀者感覺太過嚴肅。也因此，自己在決賽的等待區讀這本書，當下只有乾笑。把一個沒能力的孩子逼上絕境，去考私中考試，簡直像虐待。圓佳心想，內心滿載無奈。

當時的她，只懷抱輕浮的優越感，以及低俗的哀傷。

——媽媽自己也是！如果我考了一所好學校，妳也能跟別人炫耀！反正妳也是因為這樣才讓我去考試、去考私中考試，對不對！

現在，她耳邊彷彿聽得見泉太郎的淒厲吶喊。

結果圓佳一直沒有聯絡楠田，又過了兩個月。楠田也沒有主動傳 LINE。

這段期間，小學舉辦了運動會。小翼發揮天生的速度，在接力賽跑大放異彩，也在疊羅漢表演的時候努力撐住。現在疊羅漢已經禁止疊金字塔之類的危險項目，留下比較和緩的項目。「畢竟文武雙全是基礎中的基礎。」真治也為此開心，圓佳也藉此確定，自家教育並非過度重視課業。

然而，對於私中考試的備考學生而言，秋天尤其忙碌。運動會之後還有音樂發表會，期間還有隔宿露營，補習班除了週日特訓班，也為學生安排幾場模擬考。總之是個耗體力的季節。

運動會隔週，就是「H」的分班測驗。這次測驗會決定第二學期後半期的所屬班級，非常重要，真治也針對這次測驗，盯緊小翼的課業。

夏季尾聲的星波公開模擬考，小翼的星波學苑錄取率只有百分之二十。真治氣瘋了，直接把成績單撕成兩半，是圓佳拿膠帶，重新黏好成績單。你不要考私中了。我想考。不准考星波。我想考。父子吵得轟轟烈烈，內容和溫媽媽書裡一模一樣。圓佳忘記在哪裡讀過一句話，「別考私立中學」，在父母對孩子的禁句排行榜榮登第一名。不過，也許這句話也在「明知不可說卻脫口而出」的排行榜上，榮登第一名。

分班測驗當天，小翼回到家時，他的神情一開始看不出任何跡象。

圓佳感覺不該馬上問兒子有沒有把握，默不作聲，但真治卻先忍不住了。他搶在小翼開口前問：「怎麼樣？」

「普普通通吧。」

小翼答道。

他的表情很普通，圓佳這才放下心中的大石。

「難說，你回想自己寫的答案，寫出來看看。」

真治催促道。

「現在？」

「就是現在。趁記憶還夠深刻，重新寫一次對答案，你也會比較瞭解題目。」

於是晚餐時間往後延，小翼坐在客廳桌前，當著父母的面重新寫起考卷。

真治計畫讓兒子在這次測驗大幅度升級，圓佳卻沒有這麼大的期待。她只希望小翼留在四天王班，吊車尾留下來也無所謂。只要能繼續待在加藤指導的四天王班裡，只有六班也可以。圓佳在內心祈求著，靜靜守候小翼的筆滑向何方。

答案一寫好，丈夫隨即計分。

圓佳同時在廚房內側拿起手機，查看討論區，眾多家長正在互相交換資訊，包括孩子回報這次考試的難易度等等。許多網友提到題目很難，平均分數可能會往下降。

「你的成績越來越好了啊！」

真治大聲稱讚，用力揉亂小翼的頭。圓佳見狀，欣喜地淚眼汪汪。小翼所有科目的成績都超過八十分以上。真治說，成績這麼優異，回歸四天王一班的可能性非常高。小翼任憑父親揉摸，頭左搖右晃，看起來也很開心。

「小翼，你好厲害呀。」

圓佳稱讚道。

「測驗出了很多爸爸陪我讀到的題目。」

小翼太開心，鼻翼都擠出一條皺紋。

「幸好媽媽已經準備小翼最愛吃的菜。是紅酒燉牛肉，多吃點喔。」

現在已經接近晚上十點。小翼吃了飯、洗過澡，再做一下年號默背小考、漢字，還有十題算術馬拉松，應該勉強能在十二點前上床睡覺。真治平時晚歸，多半在下班回家才能陪小翼念書，小翼最近也有點睡眠不足。

三天後的白天，「H」的會員頁面顯示了分班測驗結果。

圓佳比任何人還早見到結果。

有泉翼同學的新班級為「難關四班」。

「騙人……」

腦中閃過第一個念頭，這一定是誤會大了。是補習班計分大失誤？還是小翼搞錯解題方式？

圓佳顫抖著手指，檢查小翼的答案。會員頁面有上傳掃描過的考卷。

和小翼對答案時的分數相比，實際分數甚至不到一半。

怎麼會……難不成……圓佳檢查答案卷的掃描檔，內心非常錯愕。小翼說自己算術拿到八成分數，實際上卻答錯整整一半考題。自然、社會也比對答案那時低分很多。答案卷的掃描檔是測驗隔天才上傳，當時他們早就自行對完答案，沒有特地重新檢查。而答案卷和自行對答案時的成績，天差地遠。

這孩子竟然……

未知的恐懼包圍了圓佳，她宛如缺氧的金魚，拚命吸氣。

手機螢幕顯示真治來電。手指滑過螢幕，電話隨即接通。

「喂，妳看到了嗎？」

他問道。

「咦？看到什麼？」

圓佳明知真治在問什麼，故意裝傻。

「就是那小子之前考試的成績。『H』的會員頁面已經上傳成績了，妳趕快看，簡直讓人說不出話。」

真治（Shinji）沉聲怒道，隨即掛斷電話。圓佳微微探口氣，把手機移開耳邊。

這才發現 LINE 上已經出現好幾封訊息。

Shinji：妳看到了吧？

Shinji：那小子完蛋了。

Shinji：結果跟他說的，完全相反。

Shinji：那個膽小鬼居然撒謊。我被他騙倒了。

Shinji：他玩完了。這種爛成績，什麼學校都考不上。

Shinji：只能讓他放棄考私立中學。

怒氣滿載的文字，零零碎碎。圓佳茫然地看了一陣子，對方又傳了訊息。

Shinji：那小子回家之後，妳就告訴他，我不會再付任何一毛錢了。

Shinji：也不用讓他去「H」了。

Shinji：浪費錢。

圓佳（Madoka）緩慢地移動手指。

Madoka：你不是還要工作？

她輸入這幾個字。訊息馬上顯示已讀，她不禁失笑。

「難關四班」這幾個字才重重打擊了圓佳，但她一想到丈夫趁工作空檔，用手機查看兒子的成績，還氣到連發 LINE 訊息，自己的沮喪反而如退潮似的，漸漸散去。

真治現在大概沒心情工作。圓佳微微甩了甩頭，她決定往好的方向解讀丈夫的情緒。他也是用他自己的方式擔心兒子的未來。這場測驗太重要了。真治為了拚這次測驗，也規劃了各種讀書計畫。畢竟這場測驗會決定第二學期後半期，臨考前最珍貴的兩個月，小翼要待在什麼班級。難關四班……圓佳覺得頭又開始暈了。難關四班，沒想到兒子已經退步到這種程度。

圓佳之前在小翼的自言自語得知，上次測驗之後，颯太郎已經升上難關二班。圓佳當時提醒兒子，下次要小心，不然會被颯太郎超過。常有人說不要拿孩子跟別人家的小孩比較，圓佳仍然不自覺在意颯太郎。她每次想到颯太郎成績扶搖直上，只能不斷安慰自己，颯太郎的志願是男女合校，根本不會跟小翼搶名額。

圓佳開始在五金百貨工作，和幾個好友媽媽的時間對不上，已經拒絕好幾次喝茶邀約。一方面，她也不希望朋友探問小翼的狀況。

因此，上次運動會，她們四個人有機會站著聊天，已經很難得了。原本圓佳還戒心滿滿，假如她們主動探問「H」的班級、志願是哪間學校，她就要假裝丈夫在找自己，藉機離開。然而，圓佳白擔心了，她們根本沒有問到考試，圓佳反而十分享受久違的閒聊時光。

貴子仍然一如往常，開朗地轉述老師的話、分享節慶資訊，千夏、優希一邊答腔，一邊聊到學校裡的小事。

話題只有一次觸及私中考試。優希提到自己也去千夏的麵包店工作。

「我再不去賺錢，我家就要破產了。」

優希笑著說。

「『H』的每月學費這麼貴？」

千夏問道。

「很貴喔，對不對？」

優希徵求圓佳同意。圓佳點了點頭。

「除了學費，補習班還會寄很多可怕的信來，說要辦各種模擬考、特訓班？像是黃金週特訓班，我們家為了省錢就不參加了。三天就要四萬耶。」

優希說。

「哇喔，好貴。這當然要省啊。」

千夏蹙眉道，圓佳在一旁倒是很吃驚。沒想到有人不參加黃金週特訓班？那三天，小翼彷彿天經地義，從早到晚都在「H」上特訓課程，補習班下了課，就是待在家裡不停讀書。今年的黃金週別說玩樂，他們家甚至沒有出外吃餐廳。真治時時刻刻都陪在小翼身旁。

接著——

「對呀，我明年最小的孩子也要上小學了，到時候我也得去工作。麵包店做起來怎麼樣？」

貴子問了千夏，話題接著轉向麵包店，最後以麵包店店長的趣事收尾。

圓佳邊聽邊笑，也暗自感嘆，大家果然都忙著湊錢。

真治回國之後，收入大幅下降。少了外派獎金，現在總公司又沒有空缺，公司只好暫時派他去監督分公司。聽說再過一、兩年就能回到原本的職位，但是這段期間會減薪。雖然他工作時間減少，比較能細心指導兒子，算是有好處，但是減薪的時期正好碰上兒子升六年級，很傷家計。補習班學費接踵而來。五金百貨的打工薪水，一張張燒在學費之外的各種費用，黃金週特訓班、週五特訓班、週日測驗班、夏季特訓班、暑期特別講座，從秋季開始還有志願學校應考講座。公寓貸款還要還很久，再加上要送小翼上私校，她必須省吃儉用，存款以備不時之需。是不是也該再增加打工？像千夏、優希，她們已經把工作收入拉高到受扶養的收入上限邊緣。

圓佳默默思考，一邊聽著麵包店店長的趣事，久違地放聲大笑。

圓佳想起四人的聊天內容，不停說服自己。優希人很和善，颯太郎更是小翼的朋友，而且他的志願和小翼不一樣，他不會排擠小翼的機會。

但是她一想到小翼在這次測驗中輸給颯太郎，就想咬緊牙根。

圓佳發現真治又傳了 LINE。

Shinji：反正我不管他了。

「嗄？」

圓佳不自覺出了聲音。

他一個人在唱什麼獨角戲？

沒有人問他，他突然做出這般宣言，像要給妻子好看，這算是他的洩憤方式？那他未免太幼稚。

圓佳如今明確地感到心寒。

自己看到「難關四班」，的確也很受打擊，當場愣住。但她不曾認為兒子「膽小」，或是想放棄兒子。為什麼這個男人可以這麼狠心？圓佳之所以受打擊，是因為害怕。她害怕兒子再繼續自我欺騙，不知道會墮落到什麼地步。她可以想見，未來一定有一天，兒子會重重地受傷。

難道真治不害怕？

幾個小時之後，小翼下課回到家，圓佳讓他看了手機的會員頁面。

小小的螢幕，確實記錄自己最新的偏差值，以及最新的班級名稱。小翼凝視著手機一陣子，又望向圓佳，面無表情——

「降級了。」

他說。

「降級了呢。」

圓佳也靜靜地說。

眼前的小臉蛋，徹底失去喜怒哀樂。他除了嘴唇隱隱發顫，神情一如往常。但仔細一看，他雙頰像要垂下來，虛軟無力。最近小翼的神情，就是這樣，「一如往常」。

圓佳正想說點什麼——

「對不起。」

小翼道歉了，語氣如同機器人。父母要求他不服輸，他卻失去那份激動。這孩子是不是反應太平淡了？一股情緒，猶如岩漿，只差一點就化做小小火種，點燃圓佳的內心深處。她凝視著那岩漿，自己淒厲大叫的模樣，栩栩如生地浮現在腦海。自己會怒罵「你丟不丟臉！」，或是「你不會不甘心嗎！」，罵不夠，甚至會搬出颯太郎。「你終究被人家追過去了！」、「明明小翼比他更早進『H』讀書！」、「那些學費簡直跟扔進水溝沒兩樣！」自己會殘忍地用各種話語打擊十二歲的稚嫩心靈。圓佳隨隨便便就能想像一堆畫面。為什麼？因為在不久前，各式各樣的測驗過後，自己已經讓兒子見識過那些醜陋面貌。

然而，今天圓佳的岩漿靜悄悄的。也許是丈夫的 LINE 訊息澆熄她的怒火。

圓佳的手緩緩伸向兒子，她想輕撫兒子的肩膀。

「小翼。」

一瞬間，小翼如同受傷的野獸，迅速縮起身子閃避。圓佳嚇傻了，自己只是想摸摸他的肩膀，卻意外被狠狠拒絕。小翼動作雖大，雙眼仍然無神，表情也始終冷漠。

「今天『H』的課，休息一天，好不好？」

圓佳縮回了手，還是試著提議。

接著，小翼第一次面露怯懦。

「為什麼？」

他問。

「你休息，媽媽幫你打電話。」

小翼的眼角陣陣抽動。

「為什麼？我要去上課，不去不行。」

「可是，小翼很累呀。今天就好好休息吧。」

圓佳說完，小翼頓時雙眼盈滿淚水。

「啊啊啊啊啊啊！」下一秒，小翼忽然放聲大哭。「啊啊啊啊啊啊啊啊！」小翼趴在桌面上，誇張地喊叫，彷彿在演戲。這念頭才剛閃過圓佳腦海，他又抬起頭，額頭用力撞向桌面。兒子的動作突如其來，圓佳一時無法理解，呆愣了一秒鐘，直到下一次響聲響起。

「不要撞！你在做什麼！」

圓佳急忙喊道，抓住小翼的背。她用身體壓住兒子，想阻止兒子自殘，小翼卻手一揮，全力撞開圓佳。圓佳頓時向後一倒，摔在地上。
「好痛！」
她痛得喊出聲，小翼才回過神，默默地看向地面，嘴巴微張。圓佳這時終於從正面看清兒子的臉。額頭撞得紅腫，小小黑眼沾滿淚水，左右游移。兒子顯然十分慌張，擔心摔倒的母親。
「小翼。」
圓佳眼角靜靜滑落一滴淚。
「小翼、小翼。」
她站起身，拖著踉蹌腳步，坐到小翼身旁。小翼撇開眼神，渾身發抖，想起自己的狀況，又哭起來。「嗚嗯……唔……呃呵……」他呼吸急促，流了鼻水。圓佳輕輕伸出手，輕撫兒子的背部。小翼這次沒有推開她，接著，鼻水和淚水同時落在桌上——
「因為……我降了這麼多級嗎？」
他問道，額頭再次撞向桌面。咚。
「小翼。」
咚。
「小翼，別撞了。」
「因為我降級……我就……不能再去『H』上課了嗎？」

小翼的額頭貼在桌上，聲音模糊地說。

圓佳大吃一驚，他怎麼會這麼說？小翼抬起頭，又想撞桌子。圓佳趕緊從上護住他的頭，不讓他再傷害自己。

「不是，媽媽叫你休息，不是這個意思。」

她說著，鼻頭蹭進兒子的頭皮，傳來汗水的氣味。兒子的頭流了汗，她卻完全不嫌髒，這股甘甜氣息反而令她懷念。圓佳深刻感受到，自己正抱著唯一的骨肉。她感覺自己忘卻許久，這孩子有多麼重要、珍貴。世上任何事物都無法取代眼前的靈魂，他現在卻打算毀壞自己。十二歲，多麼幼小，他卻殘忍地處罰自己。

「小翼，沒事。媽媽只是希望你休息一天。媽媽會好好和爸爸討論，也會跟老師商量。」

「不要、我不要。因為……我降了……這麼多級，媽媽、爸爸……都不管我了……」

「你在說什麼？」

「都是我……是我……」

方才的淡漠、推倒圓佳時的粗暴，彷佛一場夢，小翼現在如同嬰兒般孱弱。眼淚接連湧出眼眶。

圓佳心想，這孩子竟然強忍著這麼大量的淚水。

三天前，他考完測驗，是懷抱什麼心情回家？父母守在門邊，延後晚餐，讓他重新對答案。這孩子明知道再怎麼欺瞞，距離結果公布，頂多只能瞞上幾天，他卻在回家的電車上拚命默背解答，在對答案的時候寫出來給父母看？

心靈之前彷彿罩了表皮，現在一層一層剝落。圓佳感覺自己第一次正視夫妻倆至今的行為。

——測驗出了很多爸爸陪我讀到的題目。

那一天，小翼露出天真的微笑，這麼說道。真治在LINE上氣沖沖地說自己被騙，但小翼真正想欺騙的，也許不是父母，而是自己。他全力說了一個有期限的彌天大謊，把謊言當真，享受短暫的歡樂氣氛，更想看看父母的笑容。因為他的父母，只在他成績好的時候，施捨他笑容。

——幸好媽媽已經準備小翼最愛吃的菜。

母親端出了紅酒燉牛肉，如同一場交易，用來交換兒子的好成績。兒子在謊言的世界裡，嘴裡直喊「好吃」，津津有味享用了料理。

「小翼，我愛你。」

圓佳誠心誠意地說。

「媽媽真的、真的很重視你。比任何人、任何事物，都要珍惜你，真的。」

她現在必須說出這句話。

然而懷裡的小翼仍在顫抖，彷彿再也聽不進母親的話語。

「讓我上課，讓我去『H』上課……」

孩子發著抖，如同囈語，不停重複這句話。

☆

這一天，一大早就下了雨。

圓佳正要下班，忽然被客人叫住，詢問她玻璃纖維材質的引導線擺在哪裡。玻璃光纖、引導線，圓佳完全聽不懂意思，只能慌慌張張在賣場找專門負責人，卻又找不著。結果只好讓客人寫資料訂購，那名中年男客人教訓了圓佳，要她多學習，還說當五金百貨的店員，怎麼會不知道引導線是什麼。圓佳只能狼狽地致歉。

她好不容易逃離店裡，快步奔向一百公尺外的Angels。她不是午休偷溜，而是直接下班。今天她請店裡調整排班，沒有安排下午的班。

一走近店外，楠田、林和貴子，三人已經坐在窗邊包廂談天。圓佳把還在滴水的傘插進塑膠傘套，急忙走向座位。三人也察覺圓佳到來，揮手歡迎她。

「哎呀，終於到齊了。我們紀錄交接會之後，就沒聚過了呢。」

「當時的工作可真辛苦。」

「佳佳，妳餓了吧？坐吧、坐吧。」

三人分別說道。圓佳鬆了口氣，看來她們聊得很盡興。

「抱歉，工作有點拖到時間。」

「沒關係、沒關係，我也才剛到。趁著人少，趕快點午餐吧。」

圓佳聽楠田這麼說，趕緊看起菜單，匆匆決定餐點。

「今天的聚會是要做什麼？聊私中考試的事？」

楠田主動提起。對方話來得突然——

「我要發表小翼的脫隊消息喔。」

圓佳腦袋來不及反應，話先脫口而出，只能勉強配合用詞，擠出笑容。

她以為在場的朋友會跟著笑，場面卻直接陷入沉默。

「妳還好嗎？」

貴子關心地問圓佳。

「嗯，抱歉，提得這麼突然。對了，小翼就是指我兒子。」圓佳先是向楠田和林解釋，又重複一次：「他從私中考試脫隊了。」她想微笑，卻忽然感覺胸口一陣壓迫。也許是剛才不懂玻璃纖維引導線的影響。眼角頓時熱燙，淚水緊接著落下，連圓佳自己都嚇了一跳。

「等等、妳怎麼了？」

貴子急了，林和楠田也慌了手腳。許久沒見她們，自己卻一見面就哭出來，她們會怎麼看自己？這樣一想，又一陣好笑。圓佳知道自己最近情緒很不穩，沒想到會這樣起起落落。

「對不起。討厭，我到底怎麼了？心情上……還很複雜，很難平靜。」

她急忙用手擦去淚水，潰堤的情緒卻無法馬上收拾。

背上忽然感到暖意，是貴子的手掌。

「沒關係、沒關係。」

貴子說著，輕撫圓佳的背。圓佳心想，真像母親的手。貴子實際上也是三個孩子的媽媽。而且更令人吃驚的是，坐在正對面的林也眼眶泛淚，淚水隨時要奪眶而出。

「妳很苦惱孩子的事，對不對？」林說道：「我家也是。小女兒考不進姊姊的學校，我比孩子們還失落。但是現在妹妹也交到好朋友，過得很快樂。我看著女兒快樂，現在終於能接受了。我到了今天……從放榜開始花了一年以上，才終於從私中考試解脫。啊，不好意思，我光說自己的事。」

林溫暖的話語，又令圓佳泫然欲泣。

「總之先喝點水吧。」楠田不顧氣氛感傷，建議道，四人才終於開懷大笑。

聚餐當下、聚餐之後，圓佳仍未坦白自己落淚的主因，沒有告訴眾人自己真正的痛苦。她真正說出口的，只有這些：小翼拚私中考試拚得太累了。成績一直退步，終於落到平均分以下。他其實還有很多想做的事，像是學游泳、學英文。自己希望細水長流地培育孩子，所以看到兒子最近如此疲勞，和家人商量之後，決定放棄私中考試，讓小翼面臨高中考試的時候再好好加油。自己明天可能會去和「H」

的老師打聲招呼，就這麼結束——

「……不好意思，提這種傷心事。我真是一個沒用的母親。」

她不敢一五一十坦白，小翼精疲力盡之前發生過什麼、真治如何對待小翼，以及那一天家裡來了什麼樣的電話，之後夫妻又過著何種日子。儘管如此，膨脹欲裂的心仍然多少釋放了痛苦。

她把真話減到最少，創造了一個溫馨又美麗的故事，但說著，心情莫名變得輕鬆。楠田一開始提議不要單獨見面，而是四個人再聚一聚，圓佳還有點猶豫，現在卻真心慶幸自己找這些朋友出來談心。

不過——

「結果妳讓小翼休息了幾天？」

林問道，她的眼中已經不見淚珠。

「一天。」

圓佳答道。

「才……一天？」

林回問著。

「才休息一天而已，不需要用到『脫隊』這兩個字啊。」

楠田坐在一旁，語氣有些僵硬。

圓佳忽然回過神。她這個用詞沒有別的意思，楠田、貴子的孩子才是早就從私中考試「脫隊」。
「對不起，妳們聽了會不舒服吧。」
楠田聞言，一瞬間滿頭霧水，隨即又失笑道：
「不用在意我們家啦。我是想說，妳是不是平時常常用這兩個字。」
「咦？」
「孩子會記這種批評記很久，妳最好別在小翼面前用到這種形容詞。」
「是嗎……」
「而且小翼過往的成績一定很優秀吧？所以他在『H』的測驗分數只是落到平均分以下，媽媽就提議要『脫隊』。他等級高成這樣，楠田家全家都要痛哭流涕了。」
楠田半開玩笑地說，貴子也笑著附和：「酒井家也是喔。」
眾人笑了一陣子——
「『脫隊』這兩個字，用在我們家剛剛好。」
楠田又說。
「我兒子在補習班明明是吊車尾，還可以背著我偷玩網路遊戲，每個月玩到六十小時。而且還是在六年級的暑假耶。妳們能想像嗎？所以我就砸壞他的遊戲機了。」
滛媽媽書裡也提到類似的故事。圓佳忍不住懷疑，楠田會不會就是滛媽媽，她其實真的寫了那本書，只是把結果改掉而已？就在這時——
「男孩子常會偷玩遊戲呢。聽說有人還會擅自在遊戲上花錢。」

貴子的語氣稀鬆平常。

真是這樣？社會上有這麼多親子因為遊戲起衝突？圓佳想起小翼的掌上遊戲機，機器沉進水中，冒出一顆顆小氣泡。每個月六十小時？真是不可思議。小翼每天只能玩上幾十分鐘，而且只是不小心超過規定時間，就偶然被真治抓包，痛罵一頓。他更是從未在遊戲上花錢。

「結果我兒子為了抗議我弄壞遊戲機，下一次模擬考居然交白卷。全科目都零分耶。」

「哇喔，真有骨氣。」

「要故意什麼都不寫，反而很考驗意志力。」

小翼在遊戲機被弄壞的當下，完全沒有反抗。他哭哭啼啼，對真治唯唯諾諾，而且面對真治提出的選項……選項只有少少兩個，而且他知道選擇其中一方，父親會大大獎勵他。他表面上是自己決定，實際上卻是被強迫選擇。

「他只是頑固而已。後來他說我擅自弄壞小孩的東西，他才不要被我這種媽媽支配，也不要考私立中學。照理來說，升上六年級之後，父母就算叫小孩別考私立中學，小孩也會堅持要考。結果我家那個卻相反。連我那笨老公都站在兒子那邊，說我做過頭。然後他們兩個就溜了。」

「溜了？」

「對，我隔天早上起床，家裡沒有一個人。那兒子的夏季班要怎麼辦！我半抓狂地找，結果看到客廳留了一封信，寫說『不要來找我們』。」
「信！」
「那兩個混蛋，趁半夜溜出家，給我跑去爬山！」
「爬山！」
楠田的描述方式太有趣，圓佳感覺自己像在聽她表演，內容讓人難以置信。
「我家笨老公以前是登山社。當時哥哥正好參加社團的夏季集訓。他們就背著我計畫偷溜。兩個人在山上談了又談，決定不考私立中學，才回家來。妳們現在聽我像在講笑話，我當時可是真的號啕大哭，感覺世界要毀滅了。但現在想一想，也是個放棄的好時機。不然我和兒子再那樣吵下去，搞不好會動刀子。我家算是及時逃出考試的魔沼啊。」
林和貴子一個勁地點頭。
「我家哥哥現在在念五專，弟弟大概會去同一間學校。」
楠田繼續說。
圓佳暗自詫異……她連這件事都要說出來？
「咦？您家的大兒子是讀五專嗎？真厲害。」
林這麼說道。
圓佳原以為她是說客套話，但連貴子也興匆匆地問：「是做自製機器人的那種？」

「不是，大兒子是念生物技術、物質工學那類。」

「咦？那聽起來也很厲害呀。真好，聽說很多大公司、大學會從五專挑學生或員工。」

聽貴子這麼說，圓佳不禁疑惑，讀五專真有這麼好康？

「沒這麼簡單的。」

楠田說得謙虛，不過——

「但是大兒子受學長影響，把轉入一般大學當成目標。他自己主動提出來，我還嚇了一跳。雖然看他的成績，可能性有點五五波。五專學生的成績其實很極端。聽明的有國立大學邀請入學，差一點的就像我家兒子。但他是自己選擇想做的事，現在感覺也過得很快樂。」

她的神情倒是很自豪。

「弟弟看哥哥現在過得好，終於主動說想念書，現在他在大日的高考班上課。我小兒子小學的時候也受大日的老師關照，就帶兒子去打招呼。當初私中考試的時候沒有好好談就退課了，大概兩年半沒見到那位老師。小兒子說老師搞不好忘記他了，結果補習班老師比家長想像得更關心學生，他還記得我家小兒子。我當時對老師說：『當年小犬雖然從私立中學脫隊了……』老師卻告訴我：『這位媽媽，令郎並不是脫隊，只是做了選擇罷了。』那時候他還告訴我，私中考試，就是在對抗沉沒成本效應。」

「沉沒成本效應？」

「是指人的心理狀態。一個人一直想著『已經花費這麼多心力』，反而無法回頭。」

「啊，我已經知道妳想說什麼了。」

林無奈地笑。

「是不是？付出的金錢隨孩子學年增長，耗了時間、勞力，就越來越不能脫離苦海。原本應該靠人的自我意志，把過往耗費的成本和現況分開看待，再去做選擇，人卻總是做不到，賭博、公司企劃、甚至是國家大事……栽進泥沼的負面案例太多了。但是我兒子沒有栽進去，以自己的意志做了決定，所以這不叫『脫隊』，而是很值得鼓勵的『選擇』。我聽大日的老師這樣稱讚，第一次痛哭失聲。我一邊哭，一邊想起丈夫的話。他那年夏天從山上回來後，說：『登山有個鐵律，一感覺到危險，就該馬上回頭。』」

楠田說完，林和貴子感慨萬千地點頭：「說得真對。」「我太有同感了。」

圓佳反而更加鬱悶。

沉沒成本效應……圓佳第一次聽見這個詞彙，但不管叫什麼，自己正身處其中。她不可能跟著她們感慨，因為她已經灌注了無法計算的心血……從小二最後一學期到小六，金錢、時間、勞力……而且自己耗費的成本，肯定超過在場任何一個人。

「結果上中學的狀況怎麼樣？妳兒子就是……和南小的學生一起上課嘛。」

圓佳很想換話題，主動問道。

「對呀，南小很多雙薪家庭，所以小孩都很早熟。他們一開始還有一點隔閡，沒多久就混熟了，一起享受青春。和我兒子同齡的南小女生，好像有很多人長得可愛。」

楠田愉快地聊起回憶，甚至炫耀兒子國二就交女朋友，圓佳不禁聽傻了。她難道不記得，自己以前曾經嫌棄南小學生家境貧困，還說「南小很亂」、「不想讓孩子被南小學生帶壞」。

圓佳默不作聲。

「有泉太太，反正沒剩多久時間了，既然小翼累了，不如讓他休息一下，再繼續衝刺到最後？假如他所有志願都落榜，升上四中其實也不壞，就讓他來公立學校吧。四中走路就能到，課程、活動、社團都受國家稅金補助，還附均衡的營養午餐。也許意外算是個好選擇。」

楠田表情柔和，話又誠懇。圓佳第一次不帶疑心地接受，眼前的人的確不是溫媽媽。

「佳佳，謝謝妳今天找我出來。聊得好開心啊。」

回家路上，貴子和圓佳肩並肩撐著傘，說道。

「我也很開心。」
圓佳嘴裡這麼說，卻不太愉快。她不敢正眼直視貴子，不希望貴子繼續追問小翼的狀況、要不要繼續上「H」之類的。
「我其實是在集合住宅區長大。」
貴子說：
「之前楠田太太不是說南小很多孩子住集合住宅區，說了一堆壞話。我聽了很傷心。可是楠田太太也真是太現實了，看她突然愛上南小，好好笑。」
「……是啊。」
「人為了自衛，總是二話不說先拒絕未知的世界呢。」
貴子的說法有些刺耳。圓佳感覺話題越來越沉重，不再答腔。她想趕快回家。
「圓佳之所以想讓小翼考私立中學，是因為自己是在私立中學、私立高中長大，所以不敢讓他去讀公立？」
貴子問道。
對方的猜想錯得徹頭徹尾，圓佳訝異地笑道：
「沒這回事。我沒說過嗎？我小時候是讀鄉下的公立中學，從小就和私中考試無緣。」
「是喔，那就是受妳老公影響了。妳之前說過，老公以前讀的補習班是『H』的前身，最後也考到私立完全中學。」

「我……是提過。」

她的確不小心透露這些給貴子。

「佳佳，妳想把小翼培養成什麼樣的孩子？」

貴子走路的速度慢了下來。

圓佳聽見好友媽媽這麼問，感覺自己被羞辱。

「什麼樣……我不知道，我只想順其自然。」

「我早早就放棄私中考試，說這種話也許不太中聽。但說實話，我有點擔心最近的小翼。」

貴子幾乎停下了腳步。

「擔心……」

綿綿細雨中，兩人面對面。貴子眼神游移，像在思索如何開口，接著說道：

「我把佳佳當朋友，也很喜歡小翼，不想在背後說三道四。其實小翼現在在學校老是在睡覺。老師告誡他，他也一副不甘願的樣子。他甚至還說朋友『很笨』，他以前從沒說過這種話。而且他難得入選接力賽選手，聽到要晨練，卻不太高興，說要問爸爸能不能參加。我兒子、樹樹，甚至大家都說，『他以前沒這麼陰沉』。小翼現在一定被逼到極限了……」

「妳懂什麼？」圓佳顫抖著聲音。「貴子又懂我什麼了？」

「對不起。」

貴子馬上就道歉。圓佳見她直率道歉，反而更火大，再也無法控制自己。

「加藤老師說，小翼有希望上星波，說他第一次考試的成績，有潛力前進西阿佐區，說他很特別。堂堂『H』分校長，不可能對所有家長都說這種話推銷。他說補習班也會選學生，我聽了，當然會以為那孩子想飛多高，就能飛多高。我做母親的，當然希望自己的孩子步步高升。看著後來加入的孩子一步步超越自己的兒子，我自己心知肚明，是我方法不對，才會讓小翼越念越糟糕。不用妳說，大家都知道他原本是個好孩子，不會像現在態度惡劣。但是已經剩不到一百天，只剩幾個月！再忍耐幾個月……只要他考上學校，這些狀況都會改善，所以我果然不能投降！已經無路可退了！我知道，要把過往和現在分開看，但這不就是說漂亮話？因為我以後也許會慶幸自己堅持下去，對不對？皆大歡喜的可能性，說不定還有百分之一呀！所以我現在還是多少希望他繼續讀書。甚至覺得他去學校都是浪費時間。之前幫小翼請假的時候，我是真心不想他繼續備考，但就只休息了一天，我還是會擔心，後悔自己應該讓他去上課──」

「佳佳，我打個岔。」

貴子中途打斷了圓佳。她的表情很嚴厲，卻紅了眼眶。圓佳已經淚流滿面。靜靜沾溼雙頰的淚滴，遠比方才坐在Angels桌前的更加熾熱、痛不欲生。

「佳佳，妳有考慮過小翼的心情嗎？」

「何必在乎？真治說，反正考上之後，他自然會明白。真治……我老公也是被父親、被補習班老師邊打邊念書，痛苦得不得了，對私中考試也沒有什麼好印象。但他回頭一想，他很慶幸自己上了私立學校，也感謝父親、補習班老師的教導。假如他沒有上私立學校，一定考不進大學、進不了現在的公司，他很慶幸自己的人生沒有走錯路。所以小翼長大以後，一定也會懂。」

「但是……」

「我知道貴子想說什麼。可是我家已經發生太多糟糕事，我不敢告訴任何人！我最清楚，這樣會把小翼逼死！但腦袋知道又如何？我也沒辦法改變！我明知道那些狀況很詭異、絕對有問題！但只要忽視那些問題，想辦法再撐幾個月，反正只是漫長人生的短短幾個月，忍過現在……」

「可是佳佳……」

「妳孩子連入班測驗都考不上，妳懂什麼！」

一回過神，圓佳已經吶喊出聲。

她馬上明白，自己說了不該說的話。儘管心煩意亂，她卻無法制止自己。

「我也希望小翼再笨一點！假如小翼沒有這麼聰明，我根本不會知道什麼西阿佐、四天王！不需要像現在這麼難堪……」

自己到底在胡說什麼？怎麼會如此傲慢又愚蠢……她理智知道不該這麼說話，卻停不下來。完了，她和貴子的交情就到今天為止。她一想到這裡，就哀傷得不得了，是自己毀掉了關係，卻如此心痛。

同時，思緒如瀑布般湧過。沒錯，她多想回到小翼開始備考之前。她想恢復成以前的自己，自己當時只要小翼開心活著，就心滿意足。是想回到小翼第一次參加完全國統一學力測驗，笑著對自己說：「媽媽，考試好簡單。」那時候？還是小翼去「學Q」上課，程度超越了所有同學的時候；是他算數字比其他孩子更快、開始能讀字很多的書、在幼稚園做作品，開始有模有樣的時候？甚至需要再回溯到更早以前，自己才不會走錯路？

她的親骨肉每每振翅，便理所當然地拍動空氣中的光粒，使圓佳的世界更加明亮，多麼美妙。那些光芒，貨真價實。然而自己卻貪心了，蒐集那些光輝，凝視、與他人比較，並且意圖催生更多。自己若能無私地擁抱那些光芒，不去干涉一分一毫，那該有多好？

「佳佳。」

這時，有人喊了圓佳的名字，輕柔地擁抱她。

貴子扔下傘，抱緊了圓佳。

自己說了那麼過分的話，貴子卻沒有生氣。她將臉埋進圓佳肩頭，泣如雨下。

「佳佳，妳很痛苦吧。妳一定在我不知道的地方，痛苦得不得了。可是，我也很難過。對不起，佳佳。因為小翼是翔太最重視的朋友。」

耳邊感覺得到貴子的淚水。

「妳記不記得？翔太幼稚園的時候，不太會說話，會一直打結。翔太現在雖然偶爾還會結巴，但是當時更嚴重，他太激動就會說不出話。有一些小朋友會拿這件事挖苦他，其他同學也被影響，跟著笑出來。但是只有小翼一次都沒笑，也沒有糗翔太。翔太說，只有小翼願意不受別人影響，繼續跟他玩。小翼會好好聽完翔太的話，只要翔太願意說，小翼二話不說就上去幫忙，然後繼續玩在一起。小翼就是這麼一個好孩子。」

淚水沾溼了圓佳的背，貴子說道：

「所以，拜託妳，佳佳，保護小翼。妳要保護好小翼……」

貴子懇求著。

小翼降到難關四班，真治一回家就動手要打小翼，自己護著小翼，如山的參考書砸到自己身上。小翼沒有洗澡，奪門而出，自己打了電話報警，和警察一起在附近到處找人。小翼躲在便利商店的廁所，直到店員說服他，才打電話給圓佳。自己半夜陪著小翼，在「Angels」喝著熱飲。然而比這一切經歷都還要離奇的是，自己經歷一連串亂糟糟的狀況，心中卻殘留一絲期待，希望兒子繼續考私立中學。

——就讓他挑戰看看，讀得太辛苦再放棄就好了。

圓佳每每想起自己在送小翼進「H」之前，居然這麼認為，可笑至極。

她真想告訴當時的自己，這種事一開始挑戰，就無法自拔。妳其實很清楚，也許有人敢中途放棄，但那絕對不是妳，對不對？妳只是假裝想得很簡單，其實早有預感，自己已經栽進私中考試的狹小世界。

她想笑，笑意卻帶著自嘲、冰冷，慘不忍睹，結果圓佳仍是僵著臉。

驚動警察之後，圓佳和真治再也沒正眼看過彼此。他們再也不閒聊，只會簡單告知吃飯、洗澡等家事。他們在小翼面前多少還會說點話，孩子一離開，就陷入沉默。但房間數量不夠，他們沒辦法分房睡，很難熬。到了夜晚，他們只會背對背，盡快裝睡。

圓佳還記得那一天，小翼遲遲沒有從浴室出來，自己去確認的時候，登時心都涼了。睡衣還摺好放在原位，小翼的手機扔在房間，只有鞋子、外套不翼而飛。

她當下不懂發生了什麼事，但閃過一個直覺。

小翼要尋死。

原來人內心的焦躁超越腦袋理解時，根本流不出眼淚。圓佳告訴真治，小翼打算尋死，接著就要外出找人。真治制止圓佳，在家裡到處查看。「都是你的錯。」圓佳聽見自己朝真治的背部拋出這句話。「小翼要是有個萬一，我絕對不會原諒你。」

不對，她應該是說「我要殺了你」？事情剛過沒多久，自己卻記不清楚。可能是當下太激動，當時的記憶也如同斑塊，處處模糊不清。真治是怎麼回答的？他臉色慘綠，驚恐到腳步不穩。幸虧他沒有想得太美，以為兒子馬上就會回家。他當場報警，嚴肅地告訴警察，兒子從來不會半夜跑出家門，這是第一次，狀況非常危急。圓佳記得很清楚，至少丈夫當下也很緊張。真治打完電話，說要出去找人，並且告訴圓佳，兒子沒有帶鑰匙，要有一個人在家等他。圓佳也同意，便留在家裡。

之後聽真治說，他途中遇見接到報案的巡邏員警，又分頭找遍了每個兒童會去的地方。

圓佳大概等了一個小時，再也無法乾等下去。她在門口留了封信，告訴小翼自己馬上就會回家，以防小翼回來找不到人。她開著門鎖，走過公寓外側的走廊，沿著樓梯走到頂樓查看。

小翼打算跳樓，說不定已經跳了。

彷彿有冰刺鑽進心臟，她渾身發冷。

圓佳從圍牆探出身子，看向正下方。夜晚的植栽一片漆黑，猶如無底沼澤。

她拖著身子回到家裡。門鎖依然未鎖，信也還在原地。

時間已經過了十二點。小翼打了電話回來，但不是打給父親，也沒有打回家裡，而是打到圓佳的手機。他應該是默背了母親的手機號碼。似乎是便利商店的人員發現有小學生躲在廁所，主動關心，並且勸他打電話回家。

「媽媽……」

圓佳一聽見那虛弱的聲音，立刻奔出家門。沒穿大衣，套上倒垃圾用的簡單涼鞋，直接跑到便利商店。她一點也不冷。便利商店店長是女性，比圓佳稍微年輕一些，所以小翼才放下戒心，乖乖打了電話。圓佳簡直把店長當成天使下凡，這時才第一次流了眼淚。

小翼還活著。

她這一瞬間，真心認為，只要兒子活著，她什麼都不要。

但是，為什麼？圓佳不明白，為什麼到了下個星期，小翼又去「H」上課了？為什麼真治依舊在盯小翼的課業？他的態度不像以前那麼粗暴，但還是不時焦躁抖腳。小翼見狀，總是怕得直眨眼。

為什麼直到今天，日子仍一成不變？

兒子明明活著。

他好不容易活下來。

為什麼他們面對一條差點失去的小生命，仍舊如此貪得無厭？

貴子的話語融化圓佳內心的寒冰。她擁抱圓佳的當天，圓佳終於靜下心，詢問小翼的想法。

你對私立中學考試有什麼想法？

你想繼續準備？還是放棄？哪邊都可以。真的，你可以選任何一邊。翔太、樹樹都會讀四中，也有很多其他的孩子會到四中念書。你現在念了這麼多書也不會白費，高中考試還會用到，你就算現在改變主意，選擇別條路，也不會有任何損失。

圓佳像在念事先寫好的臺詞，盡可能不帶情感，完完整整地告訴小翼。

如她所想，小翼仍然表示想繼續準備私中考試。圓佳想起楠田的話——照理來說，升上六年級之後，父母就算叫小孩別考私立中學，小孩也會堅持要考。孩子有自尊心，事到如今才要往未知的道路前進，他們也會害怕。

「你真的這麼想？小翼，你閉上眼睛，然後放下其他擔心事，問問你自己的心。你準備到現在，已經很辛苦了，你還要再讀上幾個月，而且會比之前更難熬，然後才去考入學考試。最後還可能會落榜。到時候，你可能會很傷心、很難過喔？」

小翼搖了搖頭——

「可是，請妳讓我考。」

他說道。

「請讓我去考私中考試。」

小翼又說了一次。

圓佳輕嘆一口氣。他是被逼著這麼回答，被補習班？真治？爺爺、奶奶？還是我？楠田以前提過的沉沒成本效應，是不是也緊緊糾纏這個孩子？他已經努力到現在了。別人在玩，他卻是去補習班。而且周遭的每隻眼睛，都盯著他準備考試。是我們強迫這孩子，走上一條過於殘酷的軌道。

「如果媽媽說不准，你還是很想考？」

「嗯。」

小翼馬上回答。

「那媽媽逼你放棄，這樣小翼就有理由放棄了，對不對？讓媽媽幫你脫離這種地獄。」

圓佳這時第一次感覺自己心口一致。緊黏心中的慾望，逐漸消逝。小翼有一絲動搖，她馬上就去辦退班。她終於讓自己心如止水。然而，兒子望著母親——

「可是我如果放棄考私中，我就會變成流浪漢。」

他面露擔憂。

「流浪漢？」

「我絕對不要變成流浪漢。」

小翼說。

「什麼意思？」

「我如果不好好念書，找一份好工作，我說不定會變成流浪漢嘛！」

他的表情正經八百。

「你才不會變流浪漢。你怎麼會這麼想？」

「不知道，好像是以前看電視看到的。」

圓佳登時語塞。她不記得自己讓兒子看過那種節目。又或是自己忘記了。她這個做母親的，一點也不明白兒子看過什麼，起了什麼念頭，又從何種脈絡思考自己的未來。看看他們，對兒子一無所知，卻單方面壓迫那顆脆弱卻堅強的小小心靈。

「你不考私立中學，也不會變成流浪漢。怎麼會……小翼努力念書到現在，只是因為害怕變流浪漢？」

「當然不止。我上了中學，還想繼續游泳。」

圓佳沒有漏看。小翼說出這句話的當下，他的神情起了細微的變化。

這一瞬間，是多麼惹人疼愛，多麼耀眼燦爛。

小翼一說出想游泳，臉上多了一點笑意，抿了抿嘴。他害羞了。

「這樣啊，小翼還想游泳。」

他之所以害羞，是因為現在已經很久沒下水，卻仍心心念念想著游泳？

圓佳見到小翼的害羞神情，終於確定，小翼的羽翼仍然堅毅。

他們聯手打算扯下兒子的羽翼，儘管現在沾滿了鮮血，摧殘欲斷，他的雙翼仍保有最後的力氣。

「升上四中也能游泳的，你也可以回去原本的游泳俱樂部。」

「可以的話，我想在新的地方，從零重新開始學。而且我第一次去的那所私立中學，爸爸母校的游泳池，我一直覺得那水底好藍，很好游。那裡的游泳池在室內，下雨也能游泳。還有，他們游泳社在園遊會的表演像在跳舞，很好玩，又參加過東京都大賽，實力很強。不對，他們絕對很強。」

「對呀，政德中學，對不對？你第一次參加中學的園遊會，就是去政德呢。游泳社之外，他們還有做模型的社團。小翼那時候還說『這間學校的社團怎麼都在玩遊戲』。」

「對對對，那些社團都在玩。」

「他們下了課，大家是不是都聚在社團玩樂？感覺很快樂呢。」

「嗯，然後……雖然我現在的成績一定考不上，但我也想參加星波的臨海教室。」

星波……圓佳暗自在心底盈滿淚水。

你可以不用提星波，不用把星波當目標。對不起，都怪你的父母聽到學校名稱，又是得意又是興奮，你才想回應父母的期待。

「這樣呀。」

圓佳努力不做反應，冷淡回答。小翼卻又繼續說：

「之前相澤說過，星波在臨海教室開辦之前，是在區立游泳池練習游泳。那邊不用穿兜襠布。練習不是比時間，而是像折返跑那樣，看同學在時間內可以游多久、游多遠。然後聽說每年體育課上，都會有人游上整堂課沒停過，被說是『魚類』。聽說相澤哥哥那學年裡，就有七個『魚類』，不覺得我去上課，一定也會被同學叫成『魚類』？」

圓佳光是聽他描述，就忍不住熱淚盈眶，模糊了兒子的臉。當淚水滑落——

「媽媽？」

她正巧和小翼對上眼，兒子不知所措地望著母親。

「討厭，都怪你說什麼『魚類』。我都笑到哭了。小翼絕對是『魚類』，去哪間學校都是那裡的『魚類』。」

「我如果可以上政德中學，乾脆由我讓這個說法流行起來好了。」

圓佳不禁被小翼逗笑。

「對呀，不管小翼最後去了哪間學校，你就自己讓『魚類』變成流行語。媽媽也去找找看，還有沒有其他學校有好的游泳池，或是有實力很強的游泳社。」

「然後如果可以的話，我還希望學校有一間大圖書室。」

「圖書室……對耶，小翼以前很喜歡書嘛。」

圓佳低喃，彷彿在懷念過往。

「那媽媽去幫你找看看，有沒有游泳池和圖書室都很大的學校。」

「嗯，拜託媽媽了！」

小翼露出毫無陰霾的笑容。

隔天，小學放假。

小翼說上午要去自修室念書，帶著便當出門了。

屋子剩下夫妻兩人，圓佳趁機和丈夫討論她的想法。她從昨晚思考到現在。

「阿真，我有一個請求。**我希望你之後別再找小翼說話**。我鄭重拜託你。」

圓佳低頭懇求道，想當然耳，真治蹙眉答了一句：「嗄？」

圓佳提高嗓音，試圖蓋過真治：

「道早安、出門的問候當然無所謂。小翼如果主動想說話、問問題，你身為父親，請你好好回應。但請你今後別再要求、命令、質問小翼任何一句話。」

「這怎麼可能做到？」

真治劈頭就駁回。

圓佳緩緩吸了一口氣。接著——

「算我求求你。」

她再次低頭請求。

抬起頭一看，真治淡淡地苦笑。

「慢著、慢著，妳忽然問胡說什麼？他之前離家出走的確嚇到我了，但他那年紀的小孩，多少都會反抗。母親也許不懂，但小翼會在反抗中，慢慢成為一個男子漢。真虧他想得出這種方法。那傢伙看似軟弱，實際上挺有骨氣的。」

圓佳當場愣住。這個人是真心這麼認為？還是他若不這麼想，根本不敢面對現實？

「總之，再過不久就要開始考試……」

「就是因為時間不多了！」

圓佳大吼，真治頓時被嚇得一愣一愣，但他隨即張開嘴想反駁。圓佳不允許真治再說任何一句話。

「你其實也有感覺，對不對？小翼再繼續苦撐，根本考不上學校。不可能考上的。只是考不上倒還好，但那孩子肯定直到最後都拿不出幹勁。他現在只是空等時間流逝。阿真，你應該發現了，他現在虛度光陰，反而會讓自己一點一點崩潰。我一直思考，那孩子為什麼要在對答案的時候說謊？無論他說不說謊，真相總有一天會曝光。你知道嗎？那孩子可能是不敢告訴我們，他考試考得很差，所以在回家的電車上拚命背好解答。他心裡充滿絕望，卻死命為我們演了一場戲。他撒謊說是因為有父親教導，他才考得這麼好，用謊言撐過短短三天。你能想像那是什麼感覺？我問你，假設你在公司闖了大禍，你要怎麼辦？撒謊騙了上司，隱瞞錯誤，但你自己也知道，幾天後一定會事蹟敗露，躲過那短短幾天之後，你會抱著什麼心情去上班？換作是我，我肯定會想自殺。是我們強迫小翼做這種逼死自己的舉動。他還只是十二歲的孩子啊。而為什麼我們能強迫他？因為你是他的父親，而我是他的母親。是因為我們身為父母，反而能把孩子逼上絕境。我知道，這不只是你的錯，我也有錯。因為是我見到小翼第一次參加測驗後的模樣。那雙小小的手流滿汗，努力寫完題目。當時的小翼一出來第一句話，是想讀刊了題目文章的書，根本不在乎分數。我找到了那本書，是和那孩子一起找的……」

真治不知不覺間，沒了表情。他微張著嘴，不知道下句話該說什麼。那模樣，彷彿一個手足無措的孩子。

圓佳想像自己喊了「阿真」，如同他的母親，擁抱著他。然而，她不會真的照做。她只是在心中喊著丈夫。阿真，你一定也曾是那個無助的孩子，對不對？

真治緩緩垂下肩，眼神向下飄去，沉默不語。圓佳想像自己對真治傾訴——阿真，你之前曾說過，你小學的時候也一直被父親逼著特訓。爸甚至把你的左手按在自動鉛筆前端，逼你寫題目。寫錯一題，自動鉛筆就會戳進左手，痛得不得了。我聽到這件事，其實覺得毛骨悚然。一個小六男孩怎麼能受到這種殘忍對待？我相信你小時候一定很害怕，好可憐、好辛苦。可是阿真聊起這件事的時候，態度很輕鬆，還認為補習班老師的態度，甚至整個社會都應該嚴厲教導孩子。

我聽完，也以為你說得沒錯，在首都的私中考試，至少要做到這種程度，才算是認真面對。

我想相信，有些地方必須拚到遍體鱗傷才能順利抵達。我故意欺騙自己，但我現在不這麼認為。你左手的大拇指根部，現在還殘留著筆芯。就是那顆像黑痣的痕跡。你指著那個痕跡說說笑笑，但你其實很清楚。

你父親錯了。所以，阿真，你其實沒有原諒過爸，對不對？我有發現，你不會正眼看爸。你若沒有帶著我和孩子，絕對不會回老家，在中國的時候，也故意只展現光彩的一面，生活、工作都是。你想向父親炫耀自己的住處，卻不會讓他住下。我從來沒見過你和爸單獨說過話。

我猜，爸一定認為這世界很恐怖、令人絕望。

懷抱這種念頭過活，很狹隘，一點也不快樂。但也因為他這麼認為，他才拚命指引你到安全的地方去。爸、媽都盡其所能，努力想保護你，讓你有能力面對世界。而你身為他們的孩子，也不得不催眠自己，把父親指引的方向當作好地方。因為要你承認過往的痛苦全是一場錯誤，你會無法承受。正因為你還堅信痛苦等於先苦後甘，你才為了小翼好，要求他從兩隻手指做選擇。邁向星波學苑，或者放棄。你為孩子創造幻覺，讓他誤以為世界只有兩條道路，只因為你自己所在的世界也很狹窄。

你和爸一樣，相信這麼做，可以讓孩子快樂存活。事實上，除了那兩隻手指，小翼的世界一定如同三百六十度的美妙全景，遼闊無垠。小翼一定能靠自己的力量，飛往任何想去的地方。我們差不多該相信兒子，就做到這裡就好，別再繼續遮蔽他的眼界。

圓佳把滿溢的想法灌注在目光，望向眼前的丈夫。那雙眼，如同一個焦慮孩童。他也一樣無所適從。

「我也一樣。」

她下意識開口。

「我也曾想遮住那孩子的眼界。」

小翼在小學二年級，第一次參加測驗。圓佳還記得那孩子第一次看成績單，是什麼表情。

純真的雙眸，映著第一次考試的數字。他身後想必長著一雙透明羽翼，彷彿能飛向任何地方。

圓佳當時如果只說一句「好厲害」，考試結果就是「好厲害」三個字。她說「你好努力」，那成績就是「兒子努力過」的結果。

她當然記得自己對兒子說了什麼。那句話，就是一切的開端。

「不是你一個人的錯，所以我也會像你一樣對待小翼。」

真治的眼中多了層水膜。他默默點頭。

我們既不成熟，又愚蠢。和別的家長、別的孩子無關，甚至也和你的父親無關。我們必須為了小翼改變。儘管現在回頭已經晚了，但亡羊補牢，一秒也拖不得。所以——

「我們別再對小翼多話了。相反的，小翼只要願意向我們分享，我們也要滿懷親情回應他。小翼向我們要求什麼，我們就給他什麼。我們只能讓他做自己，不能再從他手中搶奪一分一毫。因為那孩子已經努力到極限了，我們再多觸碰一分，他一定會直接崩潰。」

圓佳彷彿看見小翼身後，那對被折斷、被踐踏，染滿鮮血的翅膀。

真治也許也看見了。

他靜靜地，深深地呼出一口氣。

「是啊。」

他說。

於是……

自己已經好幾年沒有買新的大衣。也許旁人會訝異，怎麼能穿同一件衣服穿十年，但是這件混織羊毛的黑大衣，是圓佳手中最暖和的一件。這件大衣設計經典，不退流行，所以她去聖芽園面試、幾年前參加法事，甚至是陪伴小翼參加入學考試，放榜的時候，都適合穿著這件大衣。圓佳心想，自己也許到了明年、後年的冬天，仍會穿上這件大衣。她並不認為這是一種不幸。

家裡還能送孩子考私立中學，代表家境算是富裕，但她仍在五金百貨打工，有閒錢，與其裝扮自己，不如用在家人身上。真治仍沒機會回總公司，公寓的房貸還剩三十年左右。不過現在這些雜事無關緊要。沒有什麼事值得煩悶。因為從現在起的兩個小時，將會決定小翼要上哪一所中學。

圓佳來到地下鐵車站。

寒風直吹臉孔，她縮了縮頭。儘管這是錯覺，她仍感覺周遭的路人都盯著自己看。或者說，這附近的人群，彷彿都走向相同目的地。

遠遠望著校舍，感覺周遭聚起人群，圓佳頓時覺得腳軟。但她沒有表現出來，繼續以相同步調走著，喉嚨感覺一陣乾渴。

星波學苑的放榜會場是體育館，可以不脫鞋就走進去。人群大多不是考生親子。升學補習班的老師、別著新聞媒體臂章的人、來參觀的小學生親子……甚至看得到電視攝影機。然而只有拿著准考證的考生親子，可以進到體育館。

圓佳走進體育館時，手正在發抖。抵達現場之前，她始終感覺牙齒不停發顫，那顫抖現在蔓延全身。她戴著手套的手握了、又放開，試圖安撫自己，心臟卻仍微微顫抖，無可奈何。

回頭一想，自從過完新年，她的內心始終瑟瑟發抖。天天忐忑不安，整整一個星期食不知味，她沒有踩體重計，但自己說不定瘦了好幾公斤。

她有生以來第一次這麼焦慮。圓佳的高中申請入學書優異，又是透過推甄上大學，從未體驗單靠分數劃標準的世界。她不知道，靠著短短幾個小時的測驗，評價幾年的學習成果，竟是如此殘酷又緊繃。

體育館的一整片牆壁掛上粉紅布簾，似乎是急就章做出來的。布簾前方排滿柵欄，避免外人闖進去。大批考生、家長早已站在柵欄前。想必布簾後方就是放榜號碼。距離放榜還有五分鐘。圓佳光是想到成果揭曉的瞬間，已經擔心得心肝欲裂。

十二月下旬，他們送出第一份學校志願表。再往前一些時間，小翼拍了證件照，要和志願表一起繳交。在那寒冷冬日，小翼穿上西裝，扣好扣子，束起領帶，打理好頭髮，去了照相館。回家路上，兩人久違地走去「Angels」吃鬆餅。小翼脫掉西裝外套，圓佳正面看著小翼的襯衫模樣，笑著說：「領帶歪了。」她伸出手，幫小翼調好領帶。小翼扭著身子喊癢，仍乖巧地讓母親打理儀容。圓佳感嘆，自己還剩多久時間，能像這樣伸手觸碰小翼？

「好久沒來了呢。」

圓佳說。

他們母子很久沒有一起在家庭式餐廳享用甜點，共度短暫時光。天空晴朗無暇，感覺店內比以往更加明亮。

「小翼，你沾到鮮奶油了。」

「咦？哪裡？」

「嘴巴旁邊。」

「喔，這裡。」

稀鬆平常的對話，卻幸福得令人含淚。小翼去相館的時候，也背著背包，背包裡裝滿補習班講義。今天、明天，往後的每一天，他都得到「H」報到，直到入學考試的前一刻。

「要加油喔。」

到頭來，圓佳仍簡短地鼓勵。

小翼背起沉重的背包，向前走去，頭也不回。

孩子最近都在備考，沒有運動，背影有些豐滿。他現在的身高還比自己矮，但他上了中學之後，應該會漸漸超過自己。圓佳還不敢相信那一天會來臨，但已經近在眼前，不遠了。

她和真治承諾不再主動要求小翼。但這個約定漸漸轉變成另一種形式。

剛開始執行的幾天後，小翼開始情緒不穩。

父母不主動要求自己，反而使他感覺自己被捨棄。小翼誤以為起因是自己成績太差，又不懂如何傾訴自己的感受，只能比之前更加大吵大鬧。一點小事就能成為爆點，他鬧著，踢飛椅子，低吼痛哭。

之後，一家人聚首討論了四次之多。圓佳好不容易明白小翼的想法，體會到自己思慮淺薄，也明白孩子的心思有多纖細。當時若不是真治斟酌字句，確實轉達圓佳的想法，告訴兒子，他們比任何人都重視他，不知道小翼會崩潰到什麼地步。

夫妻倆每一天如坐針氈，一根一根拔去小翼身上的刺。季節流轉，寒風吹拂之時，小翼提升了一個級別。

小翼最後決定參加五所學校的入學考試。儘管加藤不再指導小翼算術，仍和圓佳、真治三人單獨面談，仔細商量之後，決定參與考試的志願清單。

加藤的桌上擺了首都區的中學偏差值表，圓佳寫好的志願調查表，以及列出小翼最近六次測驗偏差值的折線圖。加藤讀著每一份資料，仔細確認，說道：

「一月是歐亞學園中學，小翼要考取他們的資優生資格，綽綽有餘。這所學校有個資優生獎助制度，每年會挑選幾名資優生，送到國外的合作學校交換留學。第一年會和合作學校的外國學生搭成一組，安排時間練習英語會話。制度算是很新穎，但很受畢業生好評。校內當然也設置了室內游泳池。游泳社不算強，但每週有四次社團活動，想必練習得很勤。」

加藤又補上一句：「校內的圖書室藏書多達六萬冊，非常豐富，應該很符合需求。」

「在歐亞學園增加自信之後，下一間入學考試是羽田南中學。羽田南，又稱『羽南』，升學成績不錯，校內環境、設施充足，是當地小學生的熱門志願。羽田南的入學考有一定難度，但考上可以增加自信，小翼應該能錄取。這所學校也設有室內游泳池，甚至還有水球社。不知道小翼對水球有沒有興趣，多一個選項總是好。競泳社的實力也很有水準。對小翼而言，這兩所學校都不錯，但實際上學又是如何？通勤單程就要花一個半小時，難得挑了有游泳社的學校，要同時兼顧學習和社團活動，說不定會很辛苦。所以參與這兩所學校的入學考，主要目在於參加第一志願的入學考之前，先累積考試經驗。」

「二月就要正式來了，小翼的第一志願是政德中學呀。他已經做完一輪考古題，現在在做第二輪。原來如此，選了一所好學校。政德辦學歷史悠久，如兩位所想，在完全中學的前段班學校中，稱得上游泳名門。游泳社和畢業校友的聯繫很緊密。而且政德最近幾年致力於完善教育數位化，越來越受矚目。圖書室更是好得沒話說。政德的圖書室位於校舍屋頂，從窗戶就看得見富士山。再加上去年按照學生建議，設置了可以躺著看書的放鬆空間。就我所知，目前只有政德特別設置了讀書空間。小翼熱愛書本，想必每次休息時間都會往這跑。」

「哦？他們現在發展得這麼好？」

真治讚嘆道，表現得十分自豪。圓佳也很雀躍，小翼在這間學校，想必能盡情看書。

「依照小翼的偏差值，正好能通過第一輪入學考，不需要太擔心。但萬一拖到第二輪、第三輪才考試，錄取率會越來越低，也會比較考驗他的意志力。我們就嚴陣以待，努力讓小翼在第一輪入學考就錄取。」

「再來是必中的預備志願，嗯，是聖芽園大學附中的第三輪考試。小翼以前是讀這間大學的附幼？聖芽園附中以往都是女校，最近才轉為男女合校。校內有游泳社，但游泳池在室外，這點比較可惜。明年入學的學生算是男女合校的第三期，偏差值、受矚目程度恐怕會急遽提升。小翼最近六次的平均偏差值，比聖芽園八成的錄取偏差值高上七分，只要他考試當天狀況良好，想必能取得入學資格。」

圓佳原以為加藤只瞭解四天王班學生會去的名校資訊，但他很清楚中段班學校或是東京都外的學校，流暢地解釋著。圓佳都不知道，原來歐亞學園中學的資優生還有交換留學生的獎助資格。

「最後一問……」

加藤輕抽一口氣，看向真治和圓佳。

「這是……」

他問道。

「是。」

圓佳點了點頭。

「他想考星波學苑？」

「是的。」

「原來如此。」

圓佳在志願調查表的第五志願，填上了「星波學苑（挑戰）」。

「我很清楚，小翼現在的成績必定會落榜。但我是和小翼一邊討論，一邊寫下這張志願表。當時那孩子問我，真的不可以填星波？我問他，你是真心想考星波？他答了『是』。」

「是他自己說的？」

「是，他之前聽朋友提到『臨海』……就一直很嚮往海邊的游泳活動。」

圓佳說得像在找藉口。

「那我們就來思考如何讓他考上。」

加藤卻爽快答應。

「您說，考上？」

圓佳疑惑地問。

「呃，不可能考上吧？」

真治插嘴蓋過了圓佳的疑問。當初丈夫答應自己不會多話，現在卻擅自插嘴，圓佳有點生氣，但他這話可能只是想謙虛一下。真治似乎心情不錯，或許是加藤不知道政德中學就是丈夫的母校，卻對政德稱讚有加。

「偏差值差了整整十分，怎麼可能考上？」

真治無奈地說。

「您千萬不能這麼說。」

加藤和善地告誡真治。

「我之所以一再確認，是想確定小翼是不是真心想要參加星波的入學考。畢竟是他要考試，大人必須預想各式各樣的結果，訂立應考策略。我方才說的『為他思考如何考上』，就是這個意思。」

「孩子會成長到最後一個瞬間，總是有機會。也許兩位有聽說，我每週會給小翼出幾題比較困難的算術題，他已經漸漸解得出來。他一開始都交不出作業，但最近幾週，他非常努力面對算術，每次都有交作業。我有時會在作業裡出一些星波入學考的猜題，改掉數字，他卻很有毅力地算出答案。」

「小翼他……」

她不知道。加藤不再是小翼的課堂教師，卻仍和小翼保持聯絡。小翼從來沒跟圓佳提過這件事。

聽加藤說是「最近幾週」，小翼最近的臉色的確平靜很多。他倒不是徹頭徹尾改頭換面，但已經不像以前，讀書讀到一半，就離席喝飲料、躺地板，做一些無謂的舉動。他稍作休息，又按照自己的步調，開始用功。他最近面前的確擺了類似算術題的紙張，那就是加藤的「信」？

現在回頭一想，是加藤主動告知圓佳，小翼有作弊行為。

當時圓佳腦中一片混亂，無法思考，但她稍微冷靜下來，查了各種資料。她也得知，補習班教師要告知家長，學生作弊了，其實非常需要勇氣和決心。

圓佳當時已經放置私中考試的專屬討論區好一陣子。她時隔許久重新登入討論區，搜尋了「作弊」、「竄改分數」一類的關鍵字。大多數討論，都是孩子抱怨「遭受」其他學生作弊影響，或是孩子「看見」有學生作弊。

其中只有一篇文章，是某名家庭主婦承認自己的孩子「作弊」。討論串時間是六年前，但她直到翻出這篇塵封已久的討論之前，完全沒看到類似文章。

〈……我在我家妹妹的書包裡找到一張小紙條。仔細一看，紙條上寫滿數字，我下意識就知道，這是一張『作弊小抄』。我家哥哥只比妹妹大一歲，也讀同一間補習

班，他們知道考試題目一樣，所以事先準備了答案給妹妹。我一聽到答案，差點腳軟倒地。聽說那種考試如果寫不出來，就不能回家，我認為補習班強迫妹妹考這種試，他們也要負一半的責任。我找補習班討論，結果老師說他早就知道我女兒在作弊，也告誡過她。我真的打擊很大。為什麼老師不先告訴我？真是難以置信……〉

然而這篇文章底下的回覆，全在批評發文的主婦。

〈妳這個做母親的，光會責怪老師，我猜根本是妳自己把女兒逼上梁山。〉

〈妳找補習班抱怨之前，何不先自己把女兒教好？〉

〈我以前在補習班當兼職講師，其實我們會對學生作弊視而不見，算是講師的鐵則。特地多嘴，反而會引發不必要的爭端。〉

〈學生作弊，代表他本來就念不出什麼好結果。只要當自己是做服務業，讓各位客人舒舒服服畢業就夠了。就算那名學生落榜，他的人生也要自己負責，跟講師無關。〉

那些嚴厲的回覆，一字一句都像在攻擊圓佳，令她心痛。同時她也慶幸加藤願意告訴自己真相。

當時自己真的完全沒發現小翼作弊。加藤其實可以裝作不知道。但是他告誡小翼，還及時勸圓佳送兒子去個別指導。他特意說出「可能引發爭端」的事實。當然，他的動機可能是為了推銷「Bestteam」，不過到了現在，圓佳認為加藤是真心為小翼著想。他關心小翼……也相信小翼。小翼降到合乎實力的級別，母子的自尊心毀於一旦，甚至一再重複傷人的對話。儘管如此，萬一圓佳在一無所知的狀況下，讓小翼繼續留在「S1」，他的未來會何去何從？託加藤的福，小翼至少稱得上「懸崖勒馬」。

「不過，若是要參加星波的入學考……」

加藤建議，一月至少要取得一所學校的錄取資格，先以這個方向為目標。

星波的入學考，一年只考一天，日期正好就和政德最容易過關的第一輪考試重疊。

面談會後，加藤和小翼仔細商量，決定了應考戰略。假如小翼在一月可以錄取一所學校，就放棄政德中學的第一輪考試，改去參加星波的入學考。直接申請政德中學的第二輪入學考；倘若一月沒能錄取任何學校，那一天就放棄星波，直接參加政德中學的第一輪考試。

圓佳做了一張入學考地圖表，並且寫上各種細項資訊，包括考試學校最近的車站、路程、申請截止日、考試日、放榜日、學費延遲繳納期限等等，接著貼在牆上，拍照存在手機，方便隨時確認。

——大人必須預想各式各樣的結果，訂立應考策略。

圓佳在內心告誡自己，她只能在背後默默支持兒子。

不過，小翼的一月入學考並不順利。

小翼不但當不成歐亞學園中學的資優生，連羽田南中學也沒有錄取。明明他的程度應該能順利過關。

大人必須預想各式各樣的結果……

但圓佳事前卻萬萬沒料到現在這悽慘結果。

依照小翼的預想偏差值，歐亞學園中學算是可以「安全」過關，只要沒出意外，他本來應該能取得資優生資格。然而入學考當天早上，小翼暈車暈得很嚴重，只能頂著糟糕神情應考。就算他錄取資優生，天天得花上來回四小時的時間通勤上課，而且是搭乘最容易暈車的公車，還需要一直換車，怎麼想都很痛苦。當圓佳還在糾結，歐亞學園的資格已經猶如飛砂，滑落掌外。反正不可能入學，拿不到資格也算不了什麼。

但念頭才剛轉，她上網按下羽田南中學的入學考結果通知鈕，便看到一排文字：「很遺憾，您未錄取本校。」圓佳當時的打擊比歐亞學園落榜時更大，心臟像是當場停止跳動。

小翼似乎比圓佳更沮喪。他放學回家，上網看到放榜結果，臉色慘綠，默不作聲。他不太在意歐亞學園的資優生資格，但他原本對羽田南的入學考試很有把握。

小翼之後默默窩在自己的房間。

加藤強調，這結果與其說是小翼實力不足，比較偏向運氣差。他在歐亞學園應考當天身體不舒服，羽田南今年的錄取率意外的低，文科考題又比往年簡單，學生都在比高分，自然對小翼比較不利。

圓佳聽完加藤解釋，仍舊憂心忡忡。放榜當日到今天為止，整整三個星期，每一天都坐立不安。她的肚子不時刺痛，彷彿胃穿了個洞。真治也沒好到哪裡去，他變得有點神經質，做足了防範流感的措施，不然就是四處踱步、不停嘆氣。夫婦倆像是被關進監牢似的，心情沉重，仍然勉強自己一一做好工作、家事。

另一方面，小翼的態度卻明顯有變。

他得知羽田南成績當天，一直默默窩在臥房。圓佳擔心他，偷偷去察看，發現他坐在書桌前，重新寫著落榜學校的入學試題。她本來以為孩子賭氣睡著，於是，她靜靜關上房門。

兒子開始認真準備入學考了。

儘管他之前已經準備考試，準備了非常久一段時間，圓佳見到那一幕，反而覺得他現在才真正開始備考。孩子的模樣令她心疼，卻又十分堅強，讓她不敢輕易打擾。

入學考前的剩餘日子不多。小翼害怕浪費一分一秒，認真用功。他每次從「H」回到家，臉都十分熱燙，小腦袋沸騰了似的。他甚至自己設馬表、計算時間，全力寫完問題，對答案，確認錯誤，整理筆記。他和時間、和自己戰鬥，圓佳毫無插嘴的餘地。

他終於不是為了別人，而是只為了自己用功讀書。

圓佳想到這裡，終於把那些看了又看的偏差值表、學校名、數字，全都拋到九霄雲外去。

前天，小翼走在烏雲之下，前進星波學苑參加入學考試。

他不知不覺又長高了。這一天的他，不再主動握住母親的手。他往前走了幾步，微微回過頭，說了句「我去考試了」，接著獨自走進校舍。圓佳見狀，心裡感慨萬千。周遭有些母親合掌祈求，也有父親一送走小孩，便淚流滿面。在這莫名寧靜卻激動的氣氛中，家長目送親愛孩子的背影，看著他們面臨挑戰。

兒子直到最後，始終堅持參加這間學校的入學考試。

母子倆討論過很多次。圓佳不停問他是否真心想讀這所學校？甚至直白地問小翼，是不是為了父母才去參加考試，小翼卻堅持說是為了自己。他說，因為自己上補習班上了好幾年。他想測試自己的實力，要他試都不試就放棄，他不甘心，假如真的落榜，他也心安理得。

萬一他考星波落榜，政德的第二輪考試、第三輪考試的難度又上升，考得又不順利的話，該怎麼辦？小翼會不會所有學校都落榜？

圓佳滿懷擔憂，另一方面，心裡也隱約冒出一個念頭。全都落榜，那又如何？圓佳第一次覺得落榜無所謂。自從兒子小學二年級期末，開始準備私中入學考，她花了漫長的時間，終於得來這份平靜。畢竟，這是兒子自己的考試。

真希望自己能更早領悟。儘管體悟來得太晚，幸好自己不是結束之後才頓悟。無論結果如何，小翼仍是他自己，不會有任何改變。

這一天，小翼考完星波的入學考，表情十分清爽。他說，自己盡力了，甚至說算術寫得不錯，出乎意料。

當天晚上，真治告訴圓佳，聽說今年星波的算術，是最近二十年最簡單的一次。網路甚至把這件事寫成新聞。圓佳心裡一個雀躍，拚命制止自己上私中考試討論區看討論。她在最後一刻，放下了手機。她從小翼羽田南落榜那一天開始，就下定決心，不再看討論區。討論區上一定有很多有用資訊、溫馨鼓勵，但自己現在最好別看。她不該把目光對著外界的紛紛擾擾，只想好好看著小翼。她心意已決，自己必須專心思考怎麼平安送小翼去考場。

真治唸著網路新聞。升學補習班講師實際寫完所有考題，得出了以下感想：算術變簡單、國語難度提升。夫婦面面相覷。既然算術科題目都很簡單，小翼再怎麼不擅長算術，成績也許和其他考生相距不遠；而且小翼的國文能和星波考生一拚高下。這是奇蹟？他們幸運碰上充滿奇蹟的一年。

說不定……說不定小翼真能……

快樂的妄想過後，羽田南落榜時的絕望再次復甦，隨後悄悄萌芽的期待又令她竊喜。前天、昨天，圓佳都食不下嚥。圓佳的心情上上下下，這種日子再繼續下去，她搞不好會暴斃。

不過，小翼卻是十分平淡地走向考場。

考完星波的第二天，小翼參加了政德的第二輪考試。又過了一天，就是今天，小翼也正在考試。他今天去考了聖芽園附中的第二輪考試，考完之後會留在考場，繼續參加聖芽園附中的下午場入學考。聖芽園附中採用了各式各樣的選拔方式。他今天不只要考下午的考試，傍晚還有單科入學考，還必須以簡報形式參與入學面試，介紹自己的小學在校成績、專長，最後還有線上遠距入學考。小翼一天連續參加四場考試，視狀況，明天還必須參加政德的第三輪考試，甚至還得一路考到後天的聖芽園附中第六輪筆試。

怎麼會像這樣連環轟炸？圓佳的日記帳上，最近幾天的小框框裡寫滿密密麻麻的文字。她瞧了瞧，不禁嘆息。

考試日期、時間擠成一團，簡直是一場濃縮到極致的試煉。圓佳忍不住感嘆，也許只有孩子才有辦法面對這一切。大人會後悔過往，害怕未來，一定不敢面對如此嚴苛的挑戰。孩子很強大，太強大了。他們只活了十幾年，卻撐著小小軀體上戰場……昨天送小翼參加政德入學考，包括小翼在內，有許多小學生背著、斜背相同的補習班書包，接連走進校舍。他們的模樣打動了圓佳，令她佇立在原地，久久不能自已。

說來奇妙，星波放榜要花兩天，政德則是考完隔天放榜，兩間學校的放榜時間正好重疊。所以真治現在去了政德中學，等待校方發表昨天的考試結果。

星波體育館的牆上還罩著粉紅布幕。圓佳感覺胃部一陣絞痛，苦澀簡直要湧上喉頭。

她不是心情上想吐，是真的反胃。她趕緊捂住嘴，忍住嘔吐。

自己考高中、聽取大學推甄結果，甚至是求職，從來沒這麼痛苦。沒想到孩子被淘汰，比自己被淘汰還要難忍。她萬萬沒想到，竟然如此痛苦難耐。

她心想，說不定所有人都沒預料過這種痛苦。小翼小學低年級時，她等著全國統一學力測驗結束時，有一群人在八卦別人孩子的考試結果。那群人之所以能把孩子的榜單當作茶餘飯後的閒聊，還聊得如此輕浮、事不關己，一定是因為他們沒體驗過陪考的焦慮。假如她們體會過——對了，不知道那個抄哥哥答案的女孩，最後怎麼了？圓佳莫名想起討論區的文章。那對母女是否也撐過私中考試和結果？算一算，她現在已經是高中生了……湧上喉間的噁心感直接壓過那一絲感慨。心跳跳過頭，感覺胃裡的東西要一湧而出。在場的大多數家長，是否也在經歷這種痛苦？

忽然間，幾名教職員出現了。他們快步走上前，突然抓住眼前的粉紅布簾。校方還沒說開場白，所有家長頓時安靜無聲。圓佳差點停止呼吸，然而布簾一掀開，只是一面普通牆壁。柵欄外頓時聽到幾聲竊笑。圓佳也白緊張了，不禁乾笑。

沒過多久，體育館響起廣播，人群的喧譁戛然而止。

「現在即將正式公布，星波學苑中學，今年度的錄取號碼。」

終於來了。

「錄取學生稍後請至辦公室前辦手續。」

現在正是能不能辦手續的命運分歧點，廣播的語氣卻非常冷淡，公事公辦。

體育館內側，一群教職員抬著看板走出來。

教職員在家長面前，慢慢把看板掛上牆。眾家長屏息以待。

一排排的號碼、幾個數字，現在塞滿了圓佳的雙眸。

某處傳來歡聲。她焦慮著，有人已經找到號碼了？身邊有人默默躲進陰影，直接離去。後方傳來孩子的聲音：「找到了。」接著有人痛哭失聲：「太好了！你考上了！」快門聲、紀念照，這裡也有，那裡也是。

圓佳仔細看過一遍，以免看錯，接著穿梭在背影之間，站在體育館角落，取出手機。

她心想，自己意外地很冷靜。

自己並未像連續劇一樣，臉色大變、痛哭失聲，只是面無表情離開放榜現場。

沒有。

榜單沒有兒子的號碼。

她拿出手機，卻瞬間忘記自己拿手機要做什麼。

她要聯絡丈夫。圓佳想起目的，才發現自己比想像中更加慌亂，甩了甩頭。自己在做什麼？要堅強一點。我怎麼這麼不經打擊？那孩子說，自己盡力了。孩子自己考完考試，父母要面對結果。這件事比結果更重要。

現在，真治在另一處會場，等待政德中學放榜。

兩人約好，看完榜，要主動聯絡對方。

圓佳打開手機，正想告訴丈夫星波沒有小翼的號碼。就在這時，她發現LINE已經有人傳來訊息。她看了訊息。

有了。

真治打的一句話，直接映入眼簾。這行字一口氣掩蓋周遭所有的聲音。

圓佳馬上打電話給真治。

他沒有問星波學苑的結果。丈夫已經在政德中學的榜單前，大哭特哭。

「……找到了！榜單上有小翼的號碼！他考上了……」

丈夫激動地上氣不接下氣。圓佳聽著丈夫的聲音，緩緩眨了眼。

她沒有馬上回答。

只是暗想，如同祈禱。

我們是否從自己手中，守護了那孩子的羽翼？
這時，圓佳內心浮現兒子的表情。他當時說，他想游泳。
羞怯的眼神，抿緊的小嘴。
眼前登時一片模糊。淚水滑落頰下，無從抑止。

TSUBASA NO TSUBASA
翼的翅膀

嬉文化
翼的翅膀
（原名：翼の翼）

著　者／朝比奈あすか
執行長／陳君平
總編輯／呂尚燁
美術總監／沙雲佩
國際版權／黃令歡、梁名儀

繪　者／escocse
榮譽發行人／黃鎮隆
執行編輯／陳昭燕
美術編輯／陳聖義

譯　者／堤風
協　理／洪琇菁
文字校對／施亞蒨
內文排版／謝青秀

出　版／城邦文化事業股份有限公司 尖端出版
台北市中山區民生東路二段一四一號十樓
電話：（〇二）二五〇〇－七六〇〇
傳真：（〇二）二五〇〇－二六八三
E-mail：7novels@mail2.spp.com.tw
發　行／英屬蓋曼群島商家庭傳媒股份有限公司城邦分公司　尖端出版
台北市中山區民生東路二段一四一號十樓
電話：（〇二）二五〇〇－七六〇〇（代表號）
傳真：（〇二）二五〇〇－一九七九
中彰投以北經銷／楨彥有限公司（含宜花東）
電話：（〇二）八九一九－三三六九
傳真：（〇二）八九一四－五五二四
雲嘉以南／智豐圖書有限公司
（嘉義公司）電話：（〇五）二三三－三八五二
傳真：（〇五）二三三－三八六三
（高雄公司）電話：（〇七）三七三－〇〇七九
傳真：（〇七）三七三－〇〇八七
香港經銷／城邦（香港）出版集團有限公司
香港灣仔駱克道一九三號東超商業中心一樓
電話：（八五二）二五〇八－六二三一
傳真：（八五二）二五七八－九三三七
E-mail：hkcite@biznetvigator.com
新馬經銷／城邦（馬新）出版集團 Cite（M）Sdn. Bhd.
E-mail：cite@cite.com.my
法律顧問／王子文律師　元禾法律事務所
台北市羅斯福路三段三十七號十五樓
二〇二二年十二月一版一刷

■中文版■

郵購注意事項：
1.填妥劃撥單資料：帳號：50003021戶名：英屬蓋曼群島商家庭傳媒(股)公司城邦分公司。2.通信欄內註明訂購書名與冊數。3.劃撥金額低於500元，請加附掛號郵資50元。如劃撥日起 10～14日，仍未收到書時，請洽劃撥組。劃撥專線TEL：(03)312-4212 ・ FAX：(03)322-4621。E-mail：marketing@spp.com.tw

國家圖書館出版品預行編目資料

翼的翅膀 / 朝比奈あすか作；堤風譯 . -- 1 版 . --
臺北市：城邦文化事業股份有限公司尖端出版：
英屬蓋曼群島商家庭傳媒股份有限公司城邦分公
司尖端出版發行，2022.12
面；　公分
譯自：**翼の翼**
ISBN 978-626-338-615-0(平裝)

861.57　　111015553